Little House on the Prairie

草原上的小木屋

［美］怀德——著　　郑澈——译

图书在版编目（CIP）数据

草原上的小木屋 /（美）怀德著；郑澈译. -- 太原：北岳文艺出版社，2024.9. -- ISBN 978-7-5378-6925-6

Ⅰ. I712.84

中国国家版本馆CIP数据核字第2024H8Y693号

草原上的小木屋　　［美］怀德/著　郑澈/译
CAOYUAN SHANG DE XIAO MUWU

出 品 人：郭文礼	出版发行：山西出版传媒集团·北岳文艺出版社
项目统筹：汪恒江	地址：山西省太原市并州南路57号
	邮编：030012
策划编辑：金国安	电话：0351-5628696(发行部)　0351-5628688(总编室)
	传真：0351-5628680
责任编辑：李泽婧	印刷装订：唐山楠萍印务有限公司
印装监制：郭　勇	
	开本：880 mm×1230 mm　1/32
装帧设计：郑金霞	字数：132千
李　璐	印张：7.5
封面插画：常　菲	版次：2024年9月第1版
	印次：2024年9月河北第1次印刷
	书号：ISBN 978-7-5378-6925-6
	定价：28.00元

本书版权为本社独家所有，未经本社同意不得转载、摘编或复制

译本序

　　美国西部、大草原、印第安人、牛仔和拓荒者这几个词即使单独出现,都会使人浮想联翩,更别说它们同时出现在一个故事当中——《草原上的小木屋》。故事讲述了19世纪中叶,一家美国人,爸爸、妈妈带着女儿们(大女儿玛丽、二女儿劳拉和小婴儿卡莉)在美国西部大草原上一年的拓荒生活。这家人离开威斯康星州的大森林,坐着两匹马拉着的大篷车,穿过即将解冻的密西西比河,到达堪萨斯州大草原。一家人定居下来后便开始了辛勤的劳动:爸爸负责建造小木屋和马厩,搭建壁炉和烟囱,挖掘水井,捕猎动物,获取皮毛,开垦荒地,到镇里购买生活用品;妈妈则主管生火做饭,洗衣打扫,照顾婴儿和两个大一点儿的孩子;两个小姐妹也帮助爸爸和妈妈完成自己力所能及的家务。一家人生活自给自足,还尽量帮助临近的其他拓荒者,对生活充满了积极乐观的态度。

　　小说既描绘了西部草原优美的自然环境和恶劣的生存

条件，也描绘了拓荒者在大自然中营造崭新生活的辛勤劳动和匠心巧思；既描绘了夫妻、父母、姐妹一家人之间真挚的感情和温馨的爱，也描绘了拓荒者邻里之间的热心帮助和无私照顾；既描绘了友善印第安人的古怪装束和奇异行为，也描绘了野蛮印第安人的贪婪无耻和肆意妄为。故事以二女儿劳拉的视角和口吻来讲述，对于这个稚嫩的孩子来说，西部的大草原处处充满了新鲜的体验：既有草原的宽广和辽阔，也有四季的更迭和变化；既有一家人在舒适天气中的快乐和愉快，也有在酷暑和严寒中的担忧和痛苦；既有安全时的宁静和惬意，也有瘟疫和火灾中的危险和恐惧。对于这个敏感的孩子来说，西部的大草原处处充满了奇妙的声音：既有爸爸小提琴的优美旋律，又有草原上疾风的呼号咆哮；既有妈妈爽朗的笑声，也有牛仔们高亢的吟唱；既有印第安人令人胆战心惊的鼓声，也有草原狼令人毛骨悚然的嚎叫。

《草原上的小木屋》的作者是美国作家劳拉·英格斯·怀特（Laura Ingalls Wilder，1867—1957），出生于美国中部的威斯康星州，从小就随父母多次迁居。1862年美国国会颁布了《宅地法案》，规定拓荒者可以申请获得公有土地，即印第安人被迫让出的西部大片土地，从而揭开了西部大开拓的序幕。作者一家就是在美国内战后到西部冒险的拓荒者。

劳拉·英格斯·怀特根据自己的生活经历，创作完成了"小木屋"系列。这个系列共9部，内容虽没有华丽的辞藻，但都成为世界儿童文学的经典。作者在65岁才开始儿童文学创作，写到了75岁。该系列中的第一部《大森林里的小木屋》于1932年出版，第二部《草原上的小木屋》于1935年出版，最后一部《新婚四年》直到1971年才出版，前后总共历时40年。《小木屋》系列小说出版后，不仅被翻译成多种文字，为各国青少年读者所喜爱，还被改编成系列电视剧和多部电影。作者生活过的威斯康星州大森林和堪萨斯州大草原上的小木屋，成了著名的历史遗迹，每年都有成千上万的访问者。

《草原上的小木屋》一书文笔清新，富有诗意，对劳拉个人成长的历程和家庭的拓荒史描绘得丰富而细腻，对勤劳能干的爸爸、温柔贤淑的妈妈、文静懂事的玛丽以及活泼机灵的劳拉等人物刻画得准确而传神。在翻译本书的过程中，本人一直随着劳拉感受这段不同寻常的旅程，也希望读者们能够通过本书领略美国西部大草原壮阔美丽的自然风光，体验美国西部野外生活的惊险刺激，感受19世纪中叶美国西部拓荒者的勇敢与坚强。

译者　郑澈

目 录

一 向西部迁徙 / 001
二 穿越大河谷 / 013
三 宿营大草原 / 022
四 快乐的一天 / 030
五 草原建木屋 / 039
六 欢喜搬新家 / 052
七 与狼群为伍 / 059
八 坚固的木门 / 073
九 生火的灶台 / 078
十 屋顶与地板 / 086
十一 印第安客人 / 094
十二 新鲜的井水 / 105
十三 德克萨斯牛 / 115
十四 印第安营地 / 122
十五 疟疾大肆虐 / 128

十六　着火的烟囱 / 138

十七　爸爸进城了 / 144

十八　高个子野人 / 154

十九　圣诞节礼物 / 163

二十　午夜的尖叫 / 174

二十一　印第安庆典 / 181

二十二　草原燃大火 / 189

二十三　印第安狂号 / 197

二十四　全员大迁徙 / 208

二十五　居民遭驱逐 / 215

二十六　开始新征程 / 222

一 向西部迁徙

很久以前，当如今的爷爷、奶奶们还是小男孩和小女孩，或者还是襁褓中的婴儿，又或许还没有出生时，爸爸、妈妈、玛丽、劳拉，还有小宝贝卡莉就已经离开了位于威斯康星州①大森林中的小木屋。他们驾着马车离开，只留下了空荡荡的小木屋孤零零地伫立在静谧的丛林中，从此之后再也没有见过它。

他们离开那里，去了印第安人聚集区。因为爸爸认为小木屋已不适合居住，如今来大森林里生活的人太多了。以前，大森林里只能听到爸爸挥动斧子的咔嚓声，如今嘈杂恼人的伐木声不绝于耳，捕猎的枪声此起彼伏，小木屋门前的小径也被踩成了宽敞平坦的大马路。每天，劳拉和玛丽在门前嬉戏玩耍时总会惊奇地发现驮着木材的马车吱吱嘎嘎地从马路上经过。

---

① 威斯康星州：位于美国西北部，西北濒苏必利尔湖，东临密歇根湖，首府麦迪逊。威斯康星州，名称来自印第安语，其意义是"草地"。

大森林里的动物也因为人类的迁入而销声匿迹。爸爸可不喜欢这样的环境,他更希望能与动物们和谐相处,能够每天看到小鹿和鹿妈妈躲藏在幽静的丛林里警觉地注视着他,或者发现一两只慵懒、肥胖的野熊在灌木丛中寻找浆果。冬季的漫漫长夜里,爸爸经常会跟妈妈说到西部的乡村风景,那里平坦肥沃的土地上长满青草,却很少有高大的树木。野生的动物在一望无际的肥美草地上自由自在地徜徉。除了印第安原生部落外,很少有外来的迁徙定居者。

终于,在冬季快要结束的一天,爸爸跟妈妈商量:"如果你不反对,我很想搬到西部定居。有人愿意购买这里的小木屋,而且价格可以由我来定,想要多少都行。这笔钱足够我们在西部的大草原上开始新的生活!"

"哦,查尔斯,我们必须现在搬到那里去吗?"妈妈问道,虽然冬天快要结束了,但外边依旧是冰天雪地,小木屋里的温暖舒适让人舍不得离开。

"如果想在今年搬过去,那现在就得动身了,"爸爸说道,"等到密西西比河[①]的冰都融化了,我们是没法过河的。"于是,爸爸卖掉了小木屋以及家里仅有的母牛和小牛犊。

[①] 密西西比河:全长3767公里,是北美洲流程最长、流域面积最广、水量最大的河流,位于北美洲中南部,几乎纵贯美国。

他用胡桃木树枝编成了支架搭在马车上，妈妈则帮着他在支架上铺上灰色的帆布当车篷。

清晨，天还没亮，妈妈便轻轻地唤醒熟睡中的劳拉和玛丽，借着炉火和烛光帮她们梳洗打扮。然后，妈妈给两位姑娘穿上了暖和的衣服，在红色的法兰绒衬衣外又套上了羊毛衬裙，然后才穿上厚羊毛裙，腿上穿了一双羊毛线织成的长筒袜子，戴上兔皮兜帽和红色的棉手套，总算是将她们捂得严严实实了。家里除了床、桌子和椅子之外，凡是能搬得动的，都被抬上了马车。爸爸觉得这些木制家具就不必长途跋涉地搬到西部去了，因为他总能做出更像样的家具来。

路面上还有未化的积雪，空气中弥漫着阴冷和潮湿。木屋周围仍沉浸在清晨的寂静与黑暗中，从光秃秃的树枝间仍能看到天空中的星光点点，东侧的天空中泛起黎明前的灰白。

这时，森林中影影绰绰地闪现出马车和马上拴着的灯笼，那是前来送行的爷爷、奶奶、叔叔、婶婶和堂兄弟姐妹们。玛丽和劳拉紧紧抱着怀里的布娃娃，一言不发地站在小木屋前。堂兄弟姐妹们则围在她们身旁，静静地注视着两位姑娘。奶奶和婶婶们不停地亲吻、拥抱她们，向她们道别，一遍遍唠叨着临行前的嘱托。

爸爸将那杆猎枪挂在车篷内的胡桃木支架上,方便他遇到危险时能轻而易举地伸手摸到。子弹夹和火药袋也跟猎枪挂在一起。他将心爱的小提琴放在琴盒里,小心翼翼地摆在枕头中间,免得马车的颠簸和摇晃磕碰到琴柄。

叔叔和伯父们帮着爸爸将准备停当的马车架上马背,堂兄弟姐妹们也像奶奶和婶婶们一样轻轻地吻了吻玛丽和劳拉的面颊,向她们道别。爸爸走了过来,伸手抱起玛丽和劳拉,将她俩放在马车车篷内铺好的棉被上。接着,爸爸又扶着妈妈登上马车座椅,奶奶靠上前,将怀里的小卡莉递给了妈妈。爸爸纵身一跃,跳上马车,坐在妈妈旁边的座位上,那只浑身长满斑点的牛头犬——老杰克,也悄无声息地溜到马车下边。

就这样,他们一家人离开了生活多年的小木屋。小木屋门窗紧闭,厚实的窗板遮挡着窗户。它孤零零地伫立在篱笆墙里,躲在那两棵老橡树身后,仿佛不愿面对这令人悲伤的离别场景。夏天,阳光明媚的日子里,玛丽和劳拉曾在那两棵橡树茂密的枝叶遮起的树荫下度过了多少快乐的日子啊……这是玛丽和劳拉最后一次看到大森林里心爱的小木屋了。

爸爸许诺说,等到了西部,一定会让劳拉看到"破普斯"。

"什么是'破普斯'？"劳拉疑惑地问道。

"'破普斯'是印第安人家新出生的婴儿，他们肤色暗黄，身体娇小，看起来很奇怪！"爸爸回答道。

他们长途跋涉，穿过很长一段被大雪覆盖的森林才到达丕平郡①，玛丽和劳拉小时候曾经来过这里，但现在这里完全变了模样。郡里的店铺和住户家的门窗紧闭，马路两侧被砍伐的树桩和旁边的木头堆上盖满了积雪，街道上几乎没人，一个玩耍的孩子也看不到，只有两三个戴着皮帽、穿着皮靴、捂着厚棉袄的男人在街边闲聊。妈妈、玛丽和劳拉趁着休息时，匆匆忙忙地在马车车篷里蘸着蜜糖吃了些面包，马匹则从拴在鼻子底下的草料袋里吃着玉米。爸爸将家里多出的兽皮拿进店铺，换了些旅途上必需的日用品回来。时间很紧，他们必须在今天横穿密西西比河，再拖延下去，结冰的河面就要融化了，所以他们不能在郡里待得太久。

宽阔的河面上结了一层厚厚的冰，冰面上白雪皑皑，顺着河道向远处延展，仿佛与灰白的天际连成一片。隐隐约约中可以看到河道积雪上纵横交错的车辙及马蹄的痕迹，但是无法判断人们来来往往的方向与踪迹。

---

① 丕平郡：位于美国威斯康星州西北部的一个县，西南角与明尼苏达州以密西西比河为界。

爸爸赶着马车驶上冰面，循着车辙的痕迹向前走，马蹄踩在积雪上发出闷闷的"嘚嘚"声，车轮也跟着吱嘎起来。身后的丕平郡变得越来越小，终于，连那座郡里最高的商店也变成了一个模模糊糊的小黑点。马车周围空空荡荡，一无所有，只剩下黑暗与寂静。劳拉很不喜欢在夜里赶路，但是爸爸在前边赶着马车，家里的老杰克一声不响地跟在车后，劳拉倒不感到害怕，她知道有爸爸和老杰克在，谁也伤害不了她。

过了一段时间，马车拐出了河道，慢慢驶上了一个土坡，道路两旁又出现了稀稀疏疏的树林，树林中隐隐约约有栋木房子。这时，劳拉紧绷的神经放松了很多。虽然她知道，木房子里不会有人居住，那只是为途经此处的旅行者准备的宿营地。

爸爸将马车赶进了宿营地，木屋建得又小又矮，看起来很滑稽。但屋子里用来生火取暖的壁炉却很大，屋内的墙边零散地摆着几张破旧的木床。爸爸在壁炉里生起了火，不一会儿屋里便暖和起来。夜里，玛丽、劳拉、小卡莉和妈妈一起睡在壁炉前地板上搭起的木床上，而爸爸独自一人睡在马车上守着家里的那些东西。

深夜里，熟睡的劳拉被一阵奇怪的响声吵醒了，那声音听起来像是枪声，却比枪声更尖锐、持久，而且响声不断，持续了好一阵子。玛丽和小卡莉还在睡觉，劳拉却再也睡不着了，黑暗中传来妈妈温柔的声音："睡吧，宝贝，别怕，那只是河面上的冰融化破裂的声音而已！"

第二天，爸爸对妈妈说："真是幸运啊，幸好我们昨天就穿过了河道，卡罗琳！我就知道冰面一定会在这几天开裂，幸亏没让我们赶上，要是我们在河道中央时冰面开裂，那可就糟透了！"

"昨天在河道上时，我就不停地担心呢，查尔斯！"妈妈温柔地回答道。

在这之前，劳拉可从没费神想过这些事，但听了爸爸妈妈的对话后，她总算明白了，若是昨天马车行驶在河道上时，车轮下的冰层开裂，那全家人都会跟着马车一起掉进冰冷的河水中，说不定现在还在河里拼命挣扎求救呢！

"快别说了，看你把孩子吓的！"妈妈看到劳拉紧张的神情，连忙制止道。爸爸走到劳拉身旁，给了她一个温暖的拥抱。

爸爸一边紧紧搂住她，一边高兴地说道："我们已经顺利通过了密西西比河，喝一杯苹果酒庆祝一下怎么样？难道你不想到西部印第安部落里看看吗？"劳拉点点头，她很想去看看，接着她又问爸爸是否已经到了印第安人聚集区。实际上，还要走很久的路才能看到印第安人，这里是明尼苏达州,他们只不过刚刚走出了威斯康星州而已。

就这样,他们每天都要尽可能多地往前赶,每天傍晚时分,爸爸妈妈总会找到一个新的地方让全家人休息。有几次,全家人不得不在同一个宿营地连续住几个晚上,因为前边河谷的水因冰雪融化暴涨,他们只能等水势稍缓后继续前行。像这样的河谷他们经过了一个又一个,劳拉几乎都数不过来了。沿途的风景、树木和山脉千奇百怪,还有些地方光秃秃的,一棵高大的植物也看不到。他们经过了无数座木桥,其中一条河面宽阔、水势湍急、浑浊不堪的河流上甚至没有桥。后来,爸爸告诉劳拉,那就是密苏里河①。爸爸设法找来一个木筏子,将马车赶了上去,于是,一家人胆战心惊地待在马车车篷里,一动也不敢动,眼睁睁地看着木筏子漂离河岸,晃晃悠悠地向对岸漂去。

过了几天,路面开始变得崎岖不平,马车驶进了山路。一天傍晚,马车的车轮突然陷进了泥沼里,糟糕的是偏偏又碰上倾盆大雨。大雨一直持续着,天空中电闪雷鸣,一家人找不到合适的宿营地,也没法生火取暖,只能待在潮湿寒冷的车篷里啃干粮。第二天清晨,爸爸在山坡上找到

---

① 密苏里河:美国主要河流之一,密西西比河最长的支流。密苏里河发源于蒙大拿州黄石公园附近的落基山脉东坡,流至密苏里州圣路易斯以北汇入密西西比河。

了合适的宿营地。他们不得不在那里住一个星期，要等到溪谷地的雨水退去，泥土干透了，爸爸才能将陷入泥沼的车轮挖出来。

那天，妈妈和几个孩子正百无聊赖地等着，突然看到一个又瘦又高的男人骑着一匹黑马从树林里走了出来。那人和爸爸聊了一阵儿，爸爸便跟着他一起走进了树林。又过了一会儿，当他们从树林里返回时，他们一人骑着一匹黑色的小矮马。原来，爸爸用那两匹疲惫不堪的棕色大马换了两匹黑色小矮马。在劳拉看来，这两匹小矮马长得很精神，可是爸爸却告诉她说，它们并不属于矮马，而是西部的野生品种。两匹小马的眼睛很大，炯炯有神，脖子上的鬃毛和尾巴显得格外长，与大森林里的马比起来，它们的脚小腿细，但步伐很快。

"这种马跟骡子一样有劲儿，但性格温柔得像小猫！"爸爸解释道。

劳拉连忙问爸爸这两匹小马的名字，爸爸却很希望她和玛丽能为小马们起个响亮的称呼。于是，玛丽将其中一匹马叫作"派特"，而劳拉则称另一匹马为"派蒂"。

溪谷中的雨水渐渐退去，泥土也一天天干燥起来。爸爸终于将陷进泥沼里的车轮挖了出来，随后，他给两匹矮马一同架上了马车的鞍具。

从威斯康星州的大森林里出发后，一家人一直躲在马车帐篷里取暖，他们途经了明尼苏达州、艾奥瓦州和密苏里州，一路向南前进。随着温度的升高，一路上都躲在马车下的老杰克也跟大家一样渐渐露出了身影。如今，一家人已做好准备，要穿越堪萨斯州了。

堪萨斯州地势平坦，到处都是一望无际的草原，初春的嫩绿在微风中荡漾，处处飘溢着春天的气息。马车行驶在堪萨斯草原上，放眼望去，看不到边际的绿色一直延伸到蔚蓝的天边，仿佛一个圆形的蓝色玻璃罩将这片翠绿倒扣其中，而马车就是玻璃罩的中心。

派特和派蒂浑身是劲儿，它们一会儿慢跑，一会儿快走，走了一整天，却始终走不出那片怡人的翠绿。夜幕降临，他们仍置身于蓝色的玻璃罩中，只是玻璃罩的边缘渐渐变得粉红。天色渐渐暗了下来，周围一片宁静，只听到风吹草低的沙沙声。天气已不再像他们刚出发时那样寒冷，爸爸决定让一家人露营。他生起了篝火，在这广阔无际的草原中，那堆篝火也变得渺小而微不足道。夜空中的星星清澈透亮、熠熠生辉，好像近在咫尺，劳拉甚至觉得自己一伸手就可以碰到它们。

第二天，一家人又出发了，一路的绿色依旧，天空的蔚蓝依旧，他们仍置身于那个蓝色的玻璃罩中，似乎永远也走不出去,玛丽和劳拉已经对这美丽而熟悉的景色感到厌烦了。周围的一切就像她们玩腻的玩具一样,丝毫吸引不了姑娘们的注意力。被褥被整整齐齐叠放起来,姑娘们在被褥上盖上了灰色的毯子,然后坐在上边。马车车篷的一侧帆布被卷了起来,任凭草原上的微风吹拂着劳拉淡棕色的直发和玛丽金色的卷发,明媚的阳光刺得她们睁不开眼。

不时的,草丛中会突然蹦出一两只长腿跳兔[①]来,可这却丝毫不能引起老杰克的兴趣。可怜的老杰克太累了,连续的长途跋涉让它的爪子酸痛无力,根本不愿费力去追逐兔子。马车继续前行,不停地摇晃着,车顶上的帐篷被风吹得呼呼直响。马车留下的两条浅浅的车辙印记一直跟随在身后,仿佛要永远跟随下去。

爸爸弓着背坐在驾车台上,缰绳松松地搭在手心里,褐色的胡须随风飘舞。妈妈坐在他身边,双手交叉在膝头,安静地注视着前方。小卡莉在摇篮里柔软温暖的被褥中睡着了。

"啊……唔!"玛丽打起了哈欠,劳拉不满地问道:"妈妈,难道我们不能下车跑一会儿吗?我的腿一直蜷着,太累了!"

---

① 长腿跳兔:北美洲特有的野兔品种,以腿长善于跳跃而著称。

"不可以，劳拉！"妈妈回应道。

"我们是不是很快就要到宿营地了？"劳拉继续问道。中午时，一家人曾经休息过一会儿，他们借着马车遮挡的阴凉，坐在草地上吃了一顿午餐。但从那以后，时间仿佛过得越来越慢了。

"还不能宿营呢，现在还太早。"爸爸说道。

"我想休息了，爸爸，我累了！"劳拉抗议道。

"劳拉！"妈妈提高声调，这意味着劳拉不能抱怨下去了。于是劳拉没再继续说下去，但心里仍是愤愤不平，轻声对自己嘀咕起来。

劳拉觉得自己的腿已经麻木了，讨厌的风不停地吹乱她的头发。两旁的青草依旧在飘荡起伏，马车依旧在左右摇摆，时间过得很慢很慢……

"前边可能有条大河，"这时，爸爸突然开口了，"姑娘们，你们看到前边的那片树林了吗？"

劳拉握住车顶上的一根胡桃木支架，勉强地站起身来。前方很远处有一片黑压压的影子。

"那是树！"爸爸说道，"从影子的形状上就能辨别出来。在这片土地上，有树的地方就一定会有水。我们今晚就要宿营在那里了！"

二　穿越大河谷

派特和派蒂——两匹小马轻快地奔跑起来，仿佛听到前方有水的消息很令它们兴奋似的。劳拉紧紧握住胡桃木架子，让自己在摇摆不定的马车上站稳。从爸爸的肩膀上方向前望去，一片广阔的草场尽头便是那片丛林，但树木的形状很奇怪，跟以往见过的树完全不同，并不比大森林里的灌木丛高多少。

"哎呀！"爸爸突然惊叫了一声，"这该怎么办，应该向哪边走啊？"他继续自言自语道。前边出现了岔路口，单从路面的痕迹看，很难判断出人们常走的是哪条路。两条路的草丛都有淡淡的被车辙碾过的痕迹，一条路径直通往西边，而另一条则顺着山坡蜿蜒向下，指向南方。再向前望去，淡淡的车辙痕迹都被淹没在随风飘动的草丛中了。

"我觉得应该向山坡下走！"爸爸下定了决心，"河谷就在山坡底下，这样走应该能到浅滩。"说着，爸爸拽住缰绳，引着两匹小马向南边的路拐去。

山坡下的路高低起伏，崎岖不平，远处的树林看起来离得更近了，却并没有显得更高些。劳拉紧张地握住车篷上的胡桃木，从派特和派蒂的鼻孔下看不到熟悉的草丛，连地面好像都消失了。劳拉抬头远眺，向树林的尽头望去，这条路似乎在树林的尽头拐向了断崖，盘绕蜿蜒，之后陡然向下延伸。

到了拐弯处，临近断崖边时，爸爸猛地拉住了缰绳，派特和派蒂身体后仰，险些坐在地上。马车沿着越来越窄的路一点儿一点儿地向下滑动，两侧的断崖露出参差不齐的红土和岩石，除了顶部的几撮杂草外，裂开的直上直下的侧面全是光秃秃的样子。久经太阳炙烤的崖壁如火墙一般滚烫，散发的热气迎面扑来。风从头顶吹过，却无法吹到蜿蜒向下的断崖中，这里只有令人心悸的宁静。

没过多久，前倾的马车又变得平稳了，他们穿过了那条陡峭的断崖险路，来到了谷底的平原。这里的树高大挺拔，劳拉在草原上看到的只是它们的树冠而已。草丛之间，到处都是一片片的树林。树影斑驳间依稀可以看到几只卧地休息的鹿，听到车辙的辘辘声，小鹿们好奇地站起身，从树丛中探出脑袋张望。

劳拉觉得很奇怪，她并没有看到爸爸所说的河流啊。走下断崖之后，这里的地势平坦、开阔，虽然比断崖上的大草原低得多,但也有些小山包。唯一遗憾的是,这里没有风,感觉很闷。车轮下的泥土开始变得松软,阳光可以照射到的地方也有稀疏的草地,但已经被附近的鹿儿啃得参差不齐了。

又走了一会儿,身后的红土断崖已经变得模糊了,等到派特和派蒂在谷底的溪边饮水时,身后的断崖已经完全隐藏在树林和山包后边,看不到踪影了。

静谧中,谷底的水流声显得越发清脆悦耳。河谷岸堤的树木低垂着枝叶,在河水中形成美丽的倒影。河谷中央的水流清澈湍急,溅起的水花在阳光的照射下闪耀着淡淡的蓝色光芒。

"这条河好像挺深呢!"爸爸说道,"但我觉得能过得去,你看河边的浅滩上还留着其他马车的车辙痕迹呢。你怎么想,卡罗琳?"

"就按你说的来!"妈妈回答道。

派特和派蒂饮足了水,抬起湿漉漉的鼻子,盯着眼前的河流,不停地耸动耳朵,似乎想听听爸爸的意见。紧接着,两匹小马互相蹭了蹭鼻子,嘶鸣着,仿佛在低声轻语,交换彼此的想法。河滩上游的不远处,老杰克低垂着脑袋,伸出红扑扑的舌头舔食溪水。

"我去把车篷扎紧点儿,"爸爸说着,从马车驾座上跳下来,将卷起的车篷帆布重新放下,用绳子将帆布的两侧紧紧捆在车厢底部。然后,他将绳子的两端紧紧扎在车篷后边,这样一来,车篷就被绷得紧紧的,只留下一道缝隙,几乎什么也看不到了。

玛丽躺在车篷里的床上,蜷缩成一团,一听说马车要穿过湍急的河流,她就怕得要命。劳拉却很高兴,水流飞溅的响声让她觉得兴奋。

爸爸爬上了马车,一边吆喝着让马儿前行,一边说道:"卡罗琳,到了河中央,恐怕这两匹小马要游过去才行,但它们肯定能过得去!"

这时,劳拉突然想到了老杰克,连忙呼喊道:"爸爸,我觉得应该让老杰克也坐上马车,它自己可过不了河!"

爸爸一言不发,只是全神贯注地握紧手里的缰绳。妈妈安慰道:"别担心,劳拉,老杰克会游泳的,它能过得去。"

马车缓缓地移动着,从河滩向河水深处走去,河水拍打着车轮,发出噼啪的响声。河道慢慢变深,河水更加湍急,车身随着噼啪的拍打声摇晃起来。突然,车身猛烈地晃了一下,响声消失了。马车摇摆着,像船一样漂浮在水面上,让一家人觉得晕乎乎的。妈妈大声喊道:"孩子们,躺好别动,抓紧扶手!"

玛丽和劳拉立刻直挺挺地躺在床上。不论什么时候,只要听到妈妈提高语调讲话，姐妹俩都会立刻照她的吩咐去做。妈妈伸出一只胳膊，拉出灰白的毛毯，将姐妹俩严严实实地裹了起来。

"安静地躺着，不许乱动！"妈妈继续命令道。

玛丽紧张得不知所措，躺在床上浑身发抖。劳拉却扭动着身体，很想站起来看看到底发生了什么。她能感觉到马车似乎正漂浮在水中打转儿。这时，河水拍打车轮的声音再次响起，但不一会儿又消失了。随即，爸爸的叫喊声吓坏了劳拉："帮我拉住缰绳，卡罗琳！"随着一股猛烈的冲击，马车开始倾斜，劳拉猛地坐起身来，掀掉盖在头上的毛毯。

原本坐在驾座上的爸爸不见了，只剩下妈妈一个人，她正双手紧紧地拉着缰绳。玛丽看到这情形，连忙又用毯子捂住了脑袋。劳拉探起身来，向前张望，外边除了哗哗流淌的河水外，什么也没有。这时，劳拉看到水中冒出三个脑袋，那是派特、派蒂和爸爸，爸爸正在挣扎着拉住派特的缰绳，试图拉着它向河对岸游去。

劳拉隐隐约约听到爸爸在湍急的河水中叫喊着，虽然听不清楚他在说什么，但语气中毫无慌乱的迹象，似乎是在鼓舞马儿的斗志。妈妈吓得脸色惨白，不停地向劳拉呼喊道："躺下，劳拉，躺着别动！"劳拉赶紧躺了下来，她紧张得发抖，脑袋发晕。她连忙紧闭双眼，可是还能看到汹涌可怕的河水和在水中挣扎的爸爸。

就这样，马车在水中旋转漂浮了很久。伴随着剧烈的震动，玛丽害怕得不停地啜泣，劳拉感觉胃里越来越难受，她越来越想吐了。又过了一会儿，马车的轮子似乎撞在了岸堤上，发出了吱吱嘎嘎的响声，爸爸叫喊起来。马车晃动着，猛烈地向后一仰，紧接着便冲上了岸堤，车轮终于在路面上滚动起来。劳拉挣扎着坐起身，握住胡桃木车架向外张望。她看到了派特和派蒂湿漉漉的马背，两匹马儿正奋力蹬蹄，将马车向陡峭的岸堤上拉去。爸爸浑身滴着水，正在马儿身旁叫喊着："好样的，派特！好样的，派蒂！用力啊，加把劲！"

马车终于稳稳地驶上了岸堤，两匹马儿喘息着，蹲在一侧的爸爸也像马儿一样，浑身湿漉漉的，大口喘着。马车静静地停在岸堤上，一家人总算安全渡过了河谷。

"天哪，查尔斯！"妈妈轻声呼唤道。

"你看……你看，"爸爸上气不接下气地说道，"卡罗琳，我们做到了，我们安全了！幸亏马车的骨架做得够结实，这辈子我还没见过这么湍急的河流呢。派特和派蒂真是好样的，但我觉得……要不是我跳进水里牵着它们，它们也没法游上岸！"

如果爸爸当时不知所措；如果妈妈当时慌了神，没能帮着爸爸拉住缰绳；如果玛丽和劳拉又哭又闹地打扰妈妈，那结果就不是这样了！马车会在湍急的河流中一直转下去，直到彻底倾覆，被河水冲垮，一家人都得被淹死。那样，就没人会知道这一家人到底遇到了什么麻烦，而且几个星期之内，这里都不会再有途经的行人，更没人能帮上忙。

"这下好了，"爸爸说道，"最困难的时刻已经过去，我们成功了！"

妈妈回应道："是的，查尔斯，但你浑身都湿透了！"

爸爸还没来得及回答她，劳拉却突然大叫起来："天啊，老杰克不见了！"

在这之前，谁也没想起老杰克来，一家人都将它忘在了河对岸。大家四处寻找，它却毫无踪迹了。它一定是跟着马车一起跳进了河里，但谁也没看到老杰克游泳过河的情景。

劳拉哽咽着，强忍着没哭出声来。她知道，这个时候又哭又喊是很丢人的，但她心里确实很难过。从威斯康星的大森林里出发后，老杰克忠诚而又耐心地跟着他们一路走来，历经了千辛万苦，到最后他们却任凭它被河水冲走。老杰克疲惫不堪，他们原本应该让它一起坐上马车的。当时，它一定是站在河滩边，眼睁睁地看着马车离它而去，好像谁也不关心它似的。其实它不明白,家人有多爱它。爸爸说,即使有人给他一百万美元,他也不会舍弃老杰克。如果知道河谷里的水那么汹涌,说什么他也不会让老杰克自己游水过河的。

"唉!现在说这些还有什么用呢!"爸爸叹息道。

爸爸沿着河岸从上游一直跑到下游,一路上呼喊着老杰克的名字,吹着老杰克熟悉的口哨声,但是一无所获,老杰克真的不见了!最后,一家人不得不伤心地继续赶路。派特和派蒂已经歇够了脚,精神明显好多了。爸爸始终穿着那件湿漉漉的衣服跑来跑去寻找老杰克,现在他身上的衣服都已经干透了。他拉起缰绳,吆喝着马儿向山坡旁的小路走去,一家人离开了河谷。

劳拉始终注视着马车后方,虽然她知道自己再也看不到老杰克了,但她情不自禁地想念它。她的眼睛循着河岸一路搜寻,但除了马车和河谷之间的红土峭壁之外,她什么也看不到。没过多久,映入眼帘的情形跟入口时一样,马车前方的道路将山崖劈成了两半,道路上深浅不一的车辙和马蹄印迹向前蔓延,一直到峭壁旁的山路上。派特和派蒂一路小跑着,拖着马车驶出了断崖,两侧的山谷长满了青草,他们的视野逐渐开阔了起来。等他们走出山谷时,眼前又是熟悉的大草原。草原上已经看不出车辙及马蹄的印迹了,就好像这里从来没有人来过一样。青草随风摇摆着,一望无际,如同碧波荡漾的海水与天际相交。一轮金黄色的太阳悬挂在天边,将地平线上方渲染得色彩斑斓,最下边是淡淡的粉红,上边是暖暖的黄色,再往上是浅蓝,浅蓝之上便没有了颜色,天空仿佛是透明的一般。

金黄的阳光斜斜地铺洒在碧绿的草地上,将颜色混合成难得一见的淡紫色,让人感到一丝忧伤与凄凉。

爸爸拉住缰绳,停下马车。他和妈妈一起跳下来,开始准备搭建宿营地。玛丽和劳拉也跟着一起跳出了车篷。

"妈妈,"劳拉忧伤地问道,"老杰克去了天堂,是吗?它是一只好狗,它是能上天堂的,对吗?"

妈妈不知该如何回答才好,爸爸随即回答道:"是的,亲爱的,它一定会上天堂的!上帝连一只麻雀也不会遗忘,他一定不会让老杰克孤零零地躺在冰冷的水里的!"听了爸爸的话,劳拉说不上开心,但至少好受了些。

爸爸搭建帐篷时,没有像往常那样悠然自得地吹着口哨。他默默地干着手里的活儿,过了一会儿,突然叹息道:"唉,如果没有了老杰克,在这种荒无人烟的西部地区,我们该怎么生活啊!"

三　宿营大草原

爸爸搭建宿营地的过程跟往常没有什么区别。他首先解开了派特和派蒂的驾车笼头和套具，然后给它们套上了拴马绳，绳子的另一端牢牢系在钉在地上的拴马环上。拴马绳很长，足够马儿们吃到周围草地上的青草。

派特和派蒂被拴上马绳后的第一件事并不是吃草，而是立刻躺倒在地上打滚儿蹭背。两匹马儿前后左右滚了好一阵子，直到背上的酸痛完全消除了才起来。趁着马儿打滚儿的时候，爸爸走到了不远处的草地上开始拔草。他将一片圆形区域里的草拔得一干二净，因为青草下边通常会有往年的枯草，一旦在草地上生火，枯草极易燃烧，火势会迅速蔓延开，爸爸可不想将整个草原都烧成灰烬。他常挂在嘴边的一句话就是："小心驶得万年船！只要遇事谨慎，那就不会惹上麻烦！"

圆形区域的草被清理干净后，爸爸拿了一堆干草放在中央，接着又从河谷边上拾来一大捆干柴和枯枝。干草放在最下边，上边铺上几层细小的枯枝，然后盖上厚重的干柴，最后用火柴点燃了干草。小火苗渐渐烧起来，转眼间就噼里啪啦地旺了起来，而且不论怎么烧，圆形区域之外的草地都不会有丝毫的损伤。

随后，爸爸去河谷浅滩打来了水，玛丽和劳拉帮着妈妈一起做饭。妈妈将咖啡豆小心翼翼地倒进研磨石的小孔里，玛丽转着磨石将它们磨成粉末。劳拉将爸爸打来的水倒进咖啡壶，妈妈将咖啡壶放在篝火上的炉架上，又将烤锅架在篝火上。之后，妈妈拿出玉米面，将放了盐的水倒进面里，和成面团，再一个个地捏成小面包的形状。烤锅热了以后，妈妈在烤锅里刷了一层厚厚的猪油，然后将小面团一个个放进烤锅，盖上锅盖。妈妈在一旁切腌猪肉时，爸爸则忙着往篝火堆里添加木柴。随后，妈妈取出三脚锅，将腌猪肉片放在三脚锅里煎炸了一会儿。之所以被称为"三脚锅"，是因为这个锅的下边有三条矮矮的支腿。如果没有支腿，那就是要称之为"平锅"了。

没过多久，咖啡煮沸了，面包烤好了，肉片也煎透了，食物散发出的香味让劳拉更觉得饥饿难耐了。

爸爸将马车上的凳子搬了下来，和妈妈一起坐在上边，玛丽和劳拉则坐在马车的辕杆上，一家人围着火堆准备就餐。每个人都有一副自己的餐具，包括一个圆形的锡盘、镶着骨白把手的刀叉和一个杯子。小卡莉的杯子是小号的，玛丽和劳拉共用一个杯子。玛丽和劳拉只能用杯子喝水，在她们十八岁之前，爸爸妈妈是不允许她们喝咖啡的。

一家人正在享受着美味的晚餐，此时，笼罩大草原的淡紫色渐渐暗淡了下来，四周变得漆黑安静。微风仍旧时不时地吹动着草丛，咫尺之遥的点点星光闪烁在深邃的夜空中。篝火让一家人感到温暖舒适，玉米面包的味道恰到好处，腌猪肉片被煎得松脆可口，油而不腻。马车的另一边，派特和派蒂也在津津有味地品尝着鲜嫩的青草，咀嚼的咯吱声从很远处就能听到。

"我们在这里待上几天吧，"爸爸说道，"或许会一直待下去，再也不走了！这里的土壤肥沃，山坡下有取之不尽的木材，加上各种各样的野味，我们生活中的所需之物应有尽有。你认为呢，卡罗琳？"

"再继续走下去，或者就找不到比这儿更好的地方了！"妈妈回答道。

"好吧，不管怎么样，我明天要出去转转，"爸爸说道，"我要带着猎枪，弄些新鲜的猎物回来尝尝鲜。"说着，爸爸用篝火里的木炭点燃了烟袋，后仰着身子，舒舒服服地伸展着身躯。烟草的清香混合着篝火里的温暖气息迎面扑来，玛丽忍不住打了个哈欠，从马车长板上跳了下来，坐在草地上。劳拉也感到一阵困意袭来。妈妈连忙起身洗刷碟盘餐具,她将烤锅和三脚锅拭干后,又将洗锅的餐布清洗干净。

就在这时,大草原深处传来一阵长长的嚎叫声,妈妈停下了手中的活儿,家人都很熟悉这种叫声。这叫声总会让劳拉感到头皮发麻,脊背上产生阵阵凉意。

妈妈抖了抖洗锅布,转身去圆圈外把它晾在了高草上。不一会儿,妈妈回来了,爸爸说道:"是狼叫声,我估计应该在半英里①之外。不管怎么说,我们心里都很清楚,有鹿的地方就一定会有狼,真希望……"爸爸没有继续说下去,但劳拉心里很清楚爸爸希望的是什么:他希望老杰克仍在身边,那样他们就不用担心了!

在大森林居住的那段日子里,只要听到狼叫声,劳拉就会安慰自己:有老杰克陪伴在小木屋旁,狼群绝不敢靠近,更别说伤害她的家人了。想到这里,劳拉不由得心酸起来,她不停地眨动眼睛,没让眼泪流出来。这时,那只狼,或者是另一只狼的叫声再次从远处传来。

"小姑娘们,该去睡觉了!"妈妈轻柔地说道。

玛丽从草地上站起来,来在妈妈身边,转过身让妈妈

---

① 英里:英国及其前殖民地和英联邦国家使用的长度单位,1英里约等于1.6公里。

帮她解开背后的纽扣。这时，劳拉却突然跳了起身来，然后僵直地站在那里，注视着前方。原来，距离篝火不远处的草丛中，闪现出了两道绿光——那是两只闪闪发光的眼睛！

一阵凉意从后背升起，劳拉忍不住浑身发抖，发根直立。那两道绿光慢慢移动着，一闪一闪地向她们慢慢靠近。

"小心，爸爸，快看那边！"劳拉大叫着，"一只狼！"

爸爸敏捷地站起身来，但神色沉稳，毫不慌张。他伸手从马车车篷里掏出猎枪，向那两道寒光瞄准，准备随时射击。这时，那双移动着的眼睛在圆圈外的草丛处停了下来，静静地注视着端着猎枪的爸爸。

"这好像不是狼，要不就是只发疯的狼！"爸爸说道。妈妈连忙将玛丽抱起来放进马车车篷里。

"绝不可能是狼，"爸爸继续猜测道，"你看马儿并没有惊慌啊！"

看着仍旧在低着头安静吃草的马儿，妈妈疑惑地问道："会不会是只猞猁啊？"

"说不准是只郊狼①！"爸爸说着，捡起身旁的一根木棍向那两道绿光扔去。那两道绿光突然趴伏在草地上，匍

---

① 郊狼：犬科的一种，与灰狼是近亲。产于北美大陆的广大草原地区，郊狼一般单独猎食，适应能力极强，以食草动物及啮齿动物等为食。

匍着向前靠近,好像准备着随时跃起攻击一样。爸爸再次举起猎枪,准备射击,那两道绿光又停了下来。爸爸犹豫着,缓步向前靠近,这时妈妈大喊着:"别到跟前去,查尔斯!"可是,那野兽听到叫喊声也趴着慢慢地向爸爸靠过来。

劳拉一动不动地站在原地,盯着那只移动的黑色轮廓。随着它的靠近,她渐渐能够借着火光看清楚动物身上棕色的皮毛和斑点。正在这时,爸爸大声叫喊起来,随即劳拉也发出惊声尖叫。紧接着,喘息、跳跃着的老杰克猛地扑到劳拉怀中,用它潮湿、温暖的舌头亲密地舔着她的面颊和手背,劳拉被它扑得几乎站不稳。老杰克摇动着尾巴奔向爸爸、妈妈,随后又回到劳拉身旁。

"天啊,真是难以置信!"爸爸欢呼道,妈妈也高兴地尖叫起来:"是啊,太让人高兴了!但是,大家小声点儿啊,小卡莉要被吵醒了!"说着,妈妈轻摇着臂弯,拍打着怀中的小宝贝。

老杰克看起来没什么大碍,但没过多久,它便趴在劳拉身旁不停地喘息起来。它眼中充满了血丝,疲惫得几乎睁不开眼,四肢和腹部的毛发上沾满了污泥。妈妈立刻从餐袋里掏出一块玉米饼给它,老杰克轻轻地嗅了嗅,舔了一下,晃动着褐色的尾巴表达了自己的谢意,但它并没有吃，它太疲倦了。

"真是难以想象，不知道它在水里挣扎了多久呢！"爸爸说道，"也不知道它被河水冲出了多远的距离！"等它好不容易爬上了岸，脱离了危险，却未曾想到自己会被家人当作一只狼来对待，爸爸还险些开枪打死它呢！但老杰克心里明白，他们只是害怕，并不是真心想这样对待它。劳拉坐在老杰克身边不停地安慰道："你知道我们不是有意要这样做的，你明白吗？"老杰克晃动了一下尾巴，好像在告诉大家，它很清楚。

这时早已过了上床睡觉的时间，爸爸连忙将派特和派蒂牵到马车后面的食槽旁，在食槽里加了些谷物，将它们的马绳牢牢地系在食槽上。卡莉又睡着了。妈妈帮玛丽和劳拉脱去外衣，给她们套上宽松的睡袍，两位姑娘自己系上领扣和睡帽的带子。老杰克趴在马车下的草地上，来来回回地翻滚了好几次，终于也仰面朝天地睡着了，看来它真是累坏了。劳拉和玛丽在祷告后，钻进了被窝。妈妈轻轻地吻了吻两位姑娘，跟她们道了晚安。马车另一侧，派特、派蒂正津津有味地嚼着嘴里的玉米。派蒂不时地向食槽里喷出鼻息，哧哧的响声让劳拉觉得非常悦耳动听。四周的草丛永不停息地发出沙沙声，上方河谷丛林里不时传出猫头鹰"呜呜"的叫声，不一会儿，丛林另一边的猫头鹰开始"呜呜"地回应。更远处的大草原里偶尔还会传来狼的嚎叫声,惹得马车下的老杰克也不时地咆哮一阵儿。有老杰克在,睡在马车上的一家人终于可以暖暖和和地安心睡到天亮了。

从敞开的马车车篷上方,可以看到在夜空中闪烁的星星。劳拉躺在床上,想象着爸爸从夜空中摘下最夺目的星星送给她来当礼物,她翻来覆去睡不着,好像一点儿也不觉得困倦。她怔怔地注视着最明亮的那颗星星,惊奇地发现星星似乎在对她眨眼睛。她连忙睁大眼睛,想要看个究竟,却发现天已经亮了。

四　快乐的一天

这时，劳拉听到两匹马儿在轻声地嘶鸣，紧接着是谷物被倒进食槽的哗啦声。那是爸爸在给派特、派蒂准备早餐呢。

"往后退，派特，别太贪心了，"爸爸说道，"这次该轮到派蒂了！"派特跺着蹄子嘶叫着。"过来，派蒂，老老实实待在食槽这边，那边的谷子是给派特的！"爸爸继续吆喝着。紧接着又传来派蒂的嘶鸣声，"呵，你还想咬我吗？老实点儿，只能吃你自己食槽里的谷子，明白吗？"爸爸训斥着派蒂。听到爸爸跟马儿的对话，玛丽和劳拉相视而笑。车篷外传来烤培根与煮咖啡的香味，薄煎饼在平锅里发出嗞嗞的响声，姐妹俩连忙从床上爬起来。玛丽已经学会了自己穿衣服，只是系不上中间的扣子。劳拉帮着她系好扣子，玛丽也学着帮劳拉系好了后背上的纽扣。然后姐妹俩跳下马车，在长板上的水盆里洗手、洗脸。妈妈连忙过来将姑娘们的头发梳理整齐，爸爸又去河谷的浅滩里拎了一桶水。忙碌了一会儿，一家人才坐在草地上，将餐盘放在膝头，吃起了美味的烤培根、薄煎饼和蜜糖来。

环绕四周的清晨的光影在草地上逐渐散去,太阳露出笑脸。云朵带着珍珠般晶莹粉白的颜色在蔚蓝的天空中一层层展开。草原上的百灵鸟一会儿在空中盘旋,一会儿从草丛上方掠过,一边飞舞一边歌唱。还有劳拉从未见过的体态较小的鸟儿不时地落在草地上,爸爸告诉她那是迪基鸟。于是,劳拉一边不停地追逐着它们,一边叫喊着:"小迪基,小迪基!"

"快过来吃你的早餐,劳拉!"妈妈说道,"虽然我们住在荒郊野外,几百英里内都没有邻居,但你还是要注意你的举止!"

"这里距离独立城①只有四十英里,卡罗琳,而且不用走到县城,我相信附近也是有居民的。"爸爸委婉地纠正道。

"哦,好吧,就算是四十英里!"妈妈连忙附和道,"但不管怎样,绕着餐桌嬉戏吵闹终究是很不礼貌的行为……我是说,吃饭时这样做很不得体!"妈妈说着说着,突然意识到她们并没有餐桌。那里只有一望无际、碧波荡漾的大草原,蔚蓝清澈的天空,以及在天空下尽情歌唱的小鸟……这里只有美丽的大自然,还有正在吃早餐的爸爸、妈妈、玛丽、劳拉、小卡莉,以及在一片广阔中显得格外渺小、孤独的他们的小马车,除此之外,没有任何迹象表明这附近还有别的居民。

---

① 独立城:在美国,几乎各州都有些县城的名字叫"独立城"。

两匹小马还在品味食槽里的谷子，老杰克则静静地坐在马车旁注视着她们，不时地用舌头舔着嘴角。妈妈不允许家人在吃饭时给老杰克喂食，她将昨天剩下的食物捣碎，包在卷饼里留给老杰克。劳拉也从自己的早餐中分出小部分，偷偷地留给它。虽然大草原上到处是野兔，还有数不清的野鸡，但老杰克的身体太虚弱了，还不能独自去捕捉猎物。吃过早饭，爸爸就要去打猎了，老杰克不得不留在马车旁看家。

爸爸将两匹小马拴好，从马车侧面的架子上取下一个大木盆，将从河谷拎回来的水全部倒进去，这些水是留着给妈妈洗衣服用的。

他将短柄小斧子和烟袋插在腰间，兜里装满了子弹和火药，扛起那把猎枪，然后对妈妈说："悠着点，别急着干活儿，我们有的是时间，在找到更好的地方前，我们要在这儿待一阵子呢！"

爸爸转身离开了，没过多久，茫茫的草原中就只剩下他半个身影，又过了一会儿，那半个身影也逐渐模糊起来，变成一个黑点，直到最终完全消失。辽阔的草原上空无一人。

妈妈回到马车上，收拾床铺，小姐妹来帮着妈妈刷洗碗碟。她们将洗得干干净净的碗碟整齐地摆在箱子里，顺手还把草地上丢下的小树枝捡起来，丢进篝火里。爸爸昨天拾来的木块儿散落在马车周围，姐妹俩将它们规规矩矩地摆放在车轮旁。这样，整个宿营地就变得清洁了许多。

　　妈妈从车篷里取出装有软肥皂的木桶，掖好裙边，挽起衣袖，便跪在水盆旁洗起了衣服。家里的床单、枕套、衬裙、外衣堆了一地，妈妈在水盆里一件一件仔细漂洗，然后将它们平铺在草丛上晾晒。

　　玛丽和劳拉饶有兴趣地在草丛中追逐玩耍，虽然妈妈不允许她们跑得太远，但是，能在这样风和日丽的晴空下，钻进比她们还要高的草丛中也算是一次探险。在她们的嬉笑声中，鸟儿被惊得起起落落，肥硕的野兔慌不择路地从她们身边跳过，将巢筑在草丛中的迪基鸟到处乱飞。拨开草丛，时不时地还会看到满地乱窜的长着褐色皮毛的土拨鼠[①]。土拨鼠是一群很可爱的小家伙，皮毛像天鹅绒一样柔软，又大又圆的眼睛，皱皱的鼻子，还有两只极为细小的爪子。它们像箭一般飞快地蹿出洞口，然后猛然停住，立起身子怔怔地注视着玛丽和劳拉，两条后腿蜷在身子下边，小爪子紧紧地握在胸前。如果不仔细看，人们会以为那是地里长出的一根木头，但是闪闪发光的亮眼睛又会吓你一跳。

　　玛丽和劳拉试图逮住一只，拿给妈妈看。她们试了很多次，但每次都只是差那么一点点。土拨鼠总是一动不动地站

---

① 土拨鼠：一种挖洞啮齿的动物，聚集在北美洲至中美洲地区，特别是在加拿大南部至巴拿马地区较为常见。

在那里，等姐妹俩确信自己这次会成功时，一伸手，它却又不见踪影了。为了捉住它们，劳拉在草地上跳来跳去，不停地追逐，每次等她一靠近，土拨鼠们就又会一哄而散，跑到不远处一动不动地注视着她；玛丽想到了另一个办法，她轻轻地走到土拨鼠洞口，守在那里，静静地等着它们出来。然而在她够不着的地方，有一群土拨鼠，它们静静地坐着，看着她，可她守着的那个洞口，等了很久也没有一只出来。过了一会儿，草地上突然掠过一个阴影，土拨鼠四处逃窜，霎时不见了踪影。劳拉抬头一看，原来有一只正在低空盘旋的老鹰。老鹰张着利爪，随时准备俯冲下来捕食，她甚至能看清楚老鹰残忍、无情的眼神。可这时，草地上除了玛丽、劳拉和几个土拨鼠的洞口外，什么也没有了。老鹰盘旋了几圈后，无奈地飞走了，去别处找它的午餐去了。过了一会儿，小土拨鼠又偷偷地从洞口里溜了出来。

这时，太阳已经高高地挂在头顶，快到正午了。姐妹俩捉不到土拨鼠，只好在草丛中采了两束野花带回营地送给妈妈。妈妈正在马车旁整理晾干的衣物，白色的衬裙和内衣被漂洗得雪白，散发着阳光和青草的气息。妈妈将衣物放在车篷里，高兴地接过姐妹俩送来的花束。妈妈很喜欢这两束野花，她将两束花合二为一，插进装满水的锡杯里，摆在马车的长辕上，这让宿营地看起来温馨而有生活气息。

休息了一会儿,妈妈取出一块凉玉米饼,掰成两半,分别涂抹上蜜糖,一块给了玛丽,另一块给了劳拉,这就算是姐妹俩的午餐了。玩了一上午,姑娘们显然是饿了,竟然也吃得津津有味。

"哪里有'破普斯',妈妈?"劳拉一边嚼着玉米饼,一边问道。

"嘴巴里嚼着食物时,不要随便说话!"妈妈告诫道。

于是,劳拉赶快将嘴里的食物咽下去,又说道:"我想去看看'破普斯'!"

"上帝啊!"妈妈说道,"你为什么盼望着看到印第安人?我们有的是机会看到他们,多得数不胜数,你别着急啊!"

"他们不会伤害我们吧,妈妈?"玛丽问道。玛丽是个很乖巧的女孩,自从妈妈告诫过她一次之后,她就再也不会边吃东西边说话了。

"不,不会的,宝贝儿!"妈妈回答道,"别这样胡思乱想!"

"妈妈,你为什么不喜欢印第安人?"劳拉一边接着问,一边舔着从玉米饼上滴下的蜜糖汁。

"不知道为什么,总之就是有些不喜欢,别舔你的手,宝贝儿!"妈妈说道。

"这里不就是印第安人聚集区吗?"劳拉没完没了地问,

"既然不喜欢，为什么我们要到这儿来呢？"

妈妈说，她并不清楚这片草原是否属于印第安人，因为她不知道堪萨斯州的边界线在哪里。但不论是不是，恐怕印第安人都不会在这里继续待下去了。因为爸爸听一个来自华盛顿的朋友谈起过，印第安人专属区要被开放了，所有人都可以到那些地区定居。或许已经开放了，毕竟华盛顿离这里太遥远，爸爸也无法得到准确的消息。

妈妈从马车上取下熨斗，放在被烧红的火炭上加热。等熨斗热了以后，她在玛丽、劳拉还有小卡莉的衣服上，以及自己那件印花外套上喷洒了水，然后搬出马车里的座椅，将衣服平摊在座椅上熨烫起来。小卡莉还在车里睡觉，午后的太阳炙烤得草地发烫，玛丽、劳拉和老杰克只好躲在马车背后的阴影里休息。老杰克耷拉着红扑扑的舌头，不停地喘息，眼睛无精打采地眯着。妈妈的心情似乎不错，她哼着歌谣，将衣物上的每一道褶皱都熨烫得平平整整。马车周围空旷辽阔，除了随风摇曳的青草外，什么也看不到。蔚蓝的天空中，几朵浮云悠闲而孤寂地轻轻飘过。

暖洋洋的感觉令劳拉觉得很舒服，心情也不再像昨天那样沉闷，她静静地躺在那里倾听风儿与青草的对话。蚂蚱四处乱蹦振动翅膀的嚓嚓声，还有不远处河谷浅滩旁大树下的嗡嗡声，这一切汇集成一首绝妙的大自然的交响乐。劳拉从来没有这样喜欢过一个地方，在不知不觉中睡着了。等她一觉醒来，发现老杰克正站在身旁，盯着前方，摇晃着尾巴。太阳西斜，爸爸正从远处的草地上往回走，长长的身影铺展在草地上，仿佛在向劳拉招手，劳拉高兴地蹦起来向爸爸跑去。爸爸远远地举起手中的野兔和两只草原野鸡，向劳拉展示自己的收获。劳拉从未见过如此大的兔子，高兴地拍手为爸爸欢呼。然后，她牵着爸爸的衣袖穿过半人高的草丛，一蹦一跳地朝马车走来。

"这片大草原上真是有取之不尽的资源啊，"爸爸对劳拉说道，"我看到了大约五十只麋鹿。如果没数错的话，还有野兔、羚羊和松鼠等其他各种各样的野生动物。那边的河谷里到处都是鱼，顺手就可以捞上一两条。"

接着，爸爸自豪地对妈妈说："卡罗琳，我说得没错，这里真是个好地方，想要什么都有，我们可以在这里过上皇帝般的生活。"

那天的晚餐异常丰盛，一家人围坐在篝火旁，品尝着鲜美多汁的野味，直到每个人都挺着圆滚滚的肚皮，再也吃不下去了为止。劳拉放下手中的餐盘，心满意足地打着饱嗝，她觉得这就是世界上最美好的生活了。

当最后一丝光亮从地平线上消失时，大草原便笼罩在了茫茫夜色之中。夜晚的习习凉风挟带着篝火的温暖，吹拂在身上，舒服极了。远处河谷边的树林里，布谷鸟孤寂地鸣唱，嘲鸟①也时不时地附和几声，没过多久，夜空中便繁星点点，鸟儿们也安静地入睡了。

爸爸在月光中拉起了小提琴，婉转的琴声伴随着爸爸偶尔几声的哼唱，听起来悠扬而又遥远：

> 无法让你明白我炽热的情怀，
> 你是我心中最珍贵的爱……

夜空中璀璨的星光也仿佛随着琴声舞动起来，劳拉情不自禁地叹息着。妈妈随即问道："劳拉，宝贝，你怎么啦？"劳拉伏在妈妈耳边轻声细语道："妈妈，星星也在跟我们一起唱歌呢！"

"你累了，宝贝！"妈妈回应道，"那只是爸爸的小提琴声！来吧，现在该是小姑娘们睡觉的时间了。"

妈妈在篝火旁轻轻脱去劳拉的外衣，为她穿上睡袍，戴上睡帽，将她塞进带着阳光气息的被褥中。琴声依旧在夜空中回荡，大草原似乎也沉浸在这美妙的乐曲中，劳拉坚信这美丽的音符确实有一部分是来自星空。

---

① 嘲鸟：又名模仿鸟、嘲鸫，有雀类语言家之称。它叫声动听多样，可以模仿多达三十种以上的物种声音。分布于美国北部到整个巴西，并已引入夏威夷。

五　草原建木屋

第二天，天还没亮，玛丽和劳拉就醒了。妈妈弄了些玉米糊拌鸡汤给她们当早餐。姐妹俩迅速地吃完早饭，便帮着妈妈收拾餐具。爸爸则忙着将草地上所有的用品搬上马车，并将马车鞍具重新套在派特和派蒂身上。

太阳升起时，一家人已经开始新的征程了。这里的草原上没有路，派特和派蒂在深草丛中艰难地迈步前行，车身后边的草丛上留下了两道被碾过的痕迹。

没到中午，爸爸便吆喝着停住了马车，然后对妈妈说："卡罗琳，我们到了，我打算就在这里建造我们的新家！"

劳拉和玛丽连忙爬过车后的马槽，从车板上跳了下去。姐妹俩环顾四周，茫茫无际的草原向远方延伸，仿佛一直到天边。在她们北侧的草坡下，好像能听到河谷浅滩的流水声，河滩边的树木隐隐约约露出了尖尖的树冠，再往北侧是参差不齐的红土山崖。东边很远处，一条深绿色的带子横贯于草原中间，仿佛将大地切成了两半。爸爸指着那边说道:"那也是条河流,应该就是弗迪格里斯河①。"

爸爸、妈妈一刻也没闲着,他们将马车上的所有家当全都卸了下来,堆在草地上。然后,将马车上的帆布车篷拆掉,盖在那堆物品上。爸爸、妈妈甚至将马车的车板与胡桃木扎成的车篷架子也拆掉了,玛丽、劳拉和老杰克站在草地上,呆呆地看着他俩。

这些日子以来,孩子们一直将马车视为自己的家,如今马车被拆得只剩下两根椽子、车轴和四个轮子。派特和派蒂的马鞍、套具还没拆下来,爸爸拎起斧子和装水的木桶,驾着马车骨架向草原深处走去,过了一会儿便看不见踪影了。

"爸爸这是要去哪儿?"劳拉问道。

"他要去河谷那边的树林里砍些木材回来。"妈妈耐心地解释道。

没有了马车的陪伴,广阔无边的草原让她们显得孤寂无助,姑娘们不免感到心慌。劳拉真想趴在草丛中静静地躲起来,像只草原野鸡那样,但她并没有这样做。妹妹玛丽正坐在草地上照顾摇篮里的小卡莉,劳拉也动手帮妈妈收拾起行李。

---

① 弗迪格里斯河:发源自美国堪萨斯州恩波里亚西南方的河流,东南流进入俄克拉荷马州汇入阿肯色河,全长562公里。

她先帮着妈妈在拆卸下来的马车车篷架里铺好床，然后，趁着妈妈收拾箱子和包裹里的衣物时，将帐篷旁边的草拔得一干二净。她知道，等一会儿爸爸拉回木材后，一定会需要一块空地生火的。

　　再也没什么事可做了，劳拉四处走了走，想看看帐篷周围的环境，却不敢走得太远。这时，她突然在草丛间发现了一条奇怪的沟。如果人们只是从草丛上方望去，是很难看到这条小沟的。但是，如果趴下来，看草丛的根部，这条窄而深的小沟便出现了。这条小沟径直通往草丛深处，与草原一样看不到尽头。

　　劳拉沿着小沟向前探寻了一段儿，但走了一会儿便有一种奇怪而陌生的感觉涌上心头，于是她慢慢停下了脚步。心中的恐慌让她迫不及待地转身往回跑，她一边跑还一边向后张望，唯恐有什么怪物会追逐她。

　　过了一会儿，爸爸拉了一大车的木材回来，劳拉连忙向爸爸说起自己刚刚发现的那条小沟。没想到，爸爸说他昨天已经看到了，并解释说那应该是前人留下的小路。那天晚上，劳拉坐在火炉旁，又一次问爸爸什么时候能看到"破普斯"，爸爸抱歉地说他也不知道。据爸爸说，除非印第安人想让你看到他们，否则你是不会看到他们的。爸爸也是小时候在纽约州时见过印第安人。劳拉听说印第安野人有着红色的皮肤，手里经常会拎着被称为"印第安战斧"的武器，但她确实从未亲眼看到过。

爸爸几乎认识所有的野生动物，那么他也一定很熟悉野人，至少劳拉是这么认为的。总有一天爸爸会让她见识一下"破普斯"，就像曾经将小鹿、熊崽儿和小狼带回家让她认识一样。

爸爸不停地从河谷边向家里运木头，草地很快便摞起了两大堆。其中一堆木材是用来建木屋的，另一堆是要建马厩。他不停地往返于家与河谷之间，没过几天，草地上便被车辙碾出了一条路。到了晚上，拴着马绳的派特和派蒂以木材旁的青草为食，没过多久，木材附近的草就好像被齐齐整整地割掉了一样。

爸爸首先建造的是小木屋。他先用步子丈量了木屋的大概面积，然后用铲子在那片区域的两侧各挖了一条浅沟。他将两根又粗又长的圆木埋进了浅沟中，用来做木屋的地基。接着，爸爸又选了两根同样的圆木，埋在地基的另外两端。它们组成了一个空的正方形，这样，木屋的形状就基本确定好了。然后，爸爸拎起斧子，在每根圆木的顶端开槽口，他一边切槽口，一边目测地基里圆木的直径。槽口的深度是地基圆木直径的一半，圆木的顶端需要正好卡在槽口里。木屋的框架就这样搭好了。

第二天，爸爸开始修建木屋的墙壁。他将圆木滚到建好的地基旁，圆木的下侧做了槽口，将槽口卡在地基的圆木上，这样一来，木屋现在就有两根圆木的直径那么高了。圆木的两端被嵌在地基上，但是笔直光滑的圆木可不好找，而且木头通常都是一头粗，一头细，所以木屋墙壁上不可避免地会有很多缝隙。但不用担心，爸爸会在木屋建好后堵上那些缝隙。爸爸独自一人摞了三根圆木，墙壁高了之后就要妈妈帮着才行了。爸爸将圆木的一端先架上去，妈妈在中间扶着，不让它翻滚下来，然后爸爸再架上另一端。这样还不够，妈妈需要一直扶着圆木，直到爸爸将两端牢牢地固定住才能放手。爸爸和妈妈就这样一根一根向上摞，木屋四面的墙壁已见雏形。劳拉一直站在旁边看爸妈建造木屋，这时的墙壁已经高得让劳拉无法翻越，她也失去了观看的兴趣，于是就到旁边的草丛中继续昨天的探险去了。正在这时，劳拉突然听到爸爸的惊呼声："快放手，别被木头砸着！"只见爸爸紧紧搂着圆木的一端，神色慌张地在向妈妈叫喊，但话音刚落，就听到"哐当"一声响，虽然爸爸使出了浑身的力量，但是还是没能阻止圆木从墙上滚落下来，站在地上的妈妈随即被滚下的圆木压倒了。

劳拉和爸爸连忙向妈妈跑去，爸爸跪在圆木旁，焦急地叫喊着妈妈的名字。好一会儿，妈妈才呻吟了一声，说道:"别担心,我没事!"爸爸将压在妈妈腿上的圆木挪开,摸索着妈妈的胳膊、肩膀和双腿,看她是否被碰伤骨头。妈妈轻轻动了动被压到的腿。

"抬抬胳膊!"爸爸担心地说道,"你的背痛吗?能不能转动脑袋?"妈妈顺从地按照爸爸的指示做着各种动作。

"真是谢天谢地啊!"爸爸说着,扶着妈妈坐起来。妈妈继续安慰道:"别担心,查尔斯,我没事,只是压到了脚。"爸爸立即脱掉了妈妈的鞋子和袜子,捏着她的脚,转动了一下踝关节,又挨个儿捏了捏她的脚趾,问道:"有疼痛的感觉吗?"

妈妈脸色苍白,嘴唇紧紧地抿着,说道:"稍微有点痛!"

"幸好没伤到骨头,"爸爸说道,"只是扭伤了脚踝。"

妈妈的神色不再紧张:"脚扭伤了,很快就会好的,别难过,查尔斯!"

"都怪我不好,我应该用绳索和滑轮吊起木材的。"爸爸自责道。他说着扶起妈妈走回帐篷,连忙去生火烧水。妈妈试了试热水的温度,觉得能够忍受,便慢慢将肿胀的脚泡浸在热水中。多亏草地上不是那么平整,妈妈摔倒的地方恰巧有个小坑,否则那根圆木的重量足以让她的脚踝骨折。爸爸不停地向妈妈泡脚的木桶里添加热水,妈妈脚上的皮肤不一会儿就变成粉红色的了，而扭伤的脚踝则因瘀血而变成了淡淡的紫色。在热水中浸泡了一会儿，妈妈一边抬起脚用布条将脚踝缠住，一边继续安慰爸爸道："没关系，不严重，我能行。"

因为裹上了厚厚的布条，妈妈的鞋便穿不上了。她只好在脚上包了层棉布，踩着棉布一瘸一拐地走路。妈妈跟往常一样为大家准备晚餐，只是速度明显慢了下来。爸爸说，在她脚踝的扭伤痊愈之前，建木屋的工作就由他一个人来做就行了。

爸爸拿出了长长的滑轮板，将其中一端固定在地上，另一端搭在木屋墙壁的圆木上。这样一来，他就不用费力地将圆木高高举起了，妈妈又过来帮着他将一根根圆木沿着滑轮板滚上了木墙。

妈妈的脚踝持续疼痛，晚上她打开裹着的布带，发现脚踝上青一块紫一块的，看来她真的没法帮爸爸干活儿了，建木屋的工作必须停下来。

一天下午，爸爸兴高采烈地从河谷回来。他原本是去打猎的，妈妈和孩子们没想到他会这么早回家。爸爸一路上吹着口哨，一到家就大声向家人宣布："告诉你们一个好消息！在河谷那边约两英里处，还住着一个人呢，看来我们有邻居了。"爸爸是在树林里打猎时遇到他的，他们聊了一会儿，还将收获的猎物彼此交换了一些，这样两人就都有了新的食物了。"他是个单身汉，"爸爸说道，"他说他现在也没有木屋可住，但能坚持一段时间。所以，这两天他会过来帮我们建木屋，等到他积累了足够的木材，我再过去帮他建房子。"

建木屋的工作不用再耽搁了，这样一来，妈妈也就不必操心爸爸一个人无法完成建造的工作了。"你觉得怎么样，这样合适吗？"爸爸问道。"这样当然好了，真高兴你能找到帮手！"妈妈回应道。

第二天早晨，爱德华兹先生来了。他长得又高又瘦，皮肤黝黑。脚上蹬着一双长筒马靴，上身穿着一件满是补丁的夹克，头上戴了一顶浣熊皮毛帽。他向妈妈鞠躬行礼，亲切地称呼她为"女士"。还告诉劳拉说，他是来自田纳西州的流浪汉。他嘴里嚼着烟草叶子，不时地向远处吐出嘴里的烟草汁，劳拉还从没见过谁能吐得像他那么远的，而且，他的准头儿很高，想吐在哪儿就能吐在哪儿。劳拉看得心里发痒，也试着向远处吐口水，可不论她怎么努力，也没有爱德华兹的本事。

爱德华兹先生真是个好帮手，身体健壮，干活麻利。爸爸和他在一起有说有笑，木屑随着他们手中挥舞的斧子而四处翻飞。只花了一天工夫，小木屋四周的墙壁便搭建完毕。之后，爸爸和爱德华兹先生用稍微细些的木材搭建木屋的房顶，还要在木屋的南墙上锯出一个宽大的豁口，用来做门；在东西两面墙上各锯出一个方形的小豁口当窗户。

劳拉很想进木屋里去瞧瞧，南墙上的豁口刚刚被打开，她便迫不及待地钻进去。小木屋里的一切都呈条纹状，夕阳从西侧墙壁的缝隙中照射出一道道光束，屋顶的房梁在地上投下一条条阴影。这些光与影投射在劳拉双手、胳膊和光着的脚丫上，像极了斑马身上的条纹。透过圆木之间的缝隙望出去，外边的草地也被切割成条纹状，空气中充满了青草与圆木的清新气息。

爸爸开始锯西侧墙壁上的窗户，每锯掉一根圆木，便会有更大的一缕光束照射进来，等到方形的窗户全部被打开后，一块四四方方的阳光便整个投射在小屋的地面上了。

门与窗的豁口已经完成了，爸爸和爱德华兹叔叔开始在门窗的边缘钉木板。到目前为止，除了房顶外，小木屋的整体结构已经全部完工了。圆木搭成的墙壁稳固结实，小木屋里的面积还真不小，比他们居住的帐篷可要好上几百倍呢。

干完活儿，天色已经晚了。爱德华兹叔叔收拾好手里的工具，就准备回家，但爸爸妈妈说什么也不同意，坚持留他在家里吃晚饭。因为家里有客人，所以妈妈的晚餐做得相当丰盛——有炖野兔肉,有包着肉馅儿的面团子,有热腾腾的玉米面饼和培根,还有一大锅肉汤。家里还有些蘸着玉米饼吃的蜜糖,但因为要宴请客人,所以妈妈取出了家里储存的红砂糖。爱德华兹叔叔对爸爸妈妈的热情款待感激不已。

吃过晚餐后,爸爸拉起了他心爱的小提琴,爱德华兹先生舒展着身子躺在草地上聆听。他先为玛丽和劳拉演奏了一首她们最喜欢的乐曲,还随着乐曲低声吟唱。这是劳拉最喜欢的一首歌,爸爸低沉、富有磁性的嗓音让歌曲更加迷人动听:

> 我是一个吉卜赛国王,
> 我随心所欲,想走就走,愿来就来,
> 我低垂着帽檐,眯缝着双眼,
> 我的生活中,无拘无束,自由自在!
> 我是一个吉卜赛国王!

大家听到爸爸诙谐幽默的歌声,不由得哈哈大笑起来。

"好啊,爸爸,再唱一遍,再唱一遍!"劳拉情不自禁地大喊起来,突然意识到女孩子这样大叫是很不礼貌的行为,于是她赶紧闭上嘴,安静地听着。周围的一切都仿佛跟着爸爸的歌声而翩翩起舞。爱德华兹先生先是用胳膊肘支起身子,听着听着,他不由得坐了起来。又过了一会儿,他站起身来，随着爸爸演奏的音乐，扭动着身子跳起舞来。爸爸的小提琴越奏越欢快，爱德华兹叔叔在月光下踢踏着双脚，像极了因欢喜雀跃而活蹦乱跳的老杰克。劳拉和玛丽也不由自主地跟着节奏拍打着双手，她们的脚也在地上踏着节拍。爱德华兹叔叔越跳越高兴，爸爸的小提琴也越拉越有劲。"你的琴拉得真不错啊，真是个天才！"爱德华兹叔叔一边跳舞，一边钦佩地向爸爸叫喊道。爸爸连续演奏了《名贵的麝香》《阿肯色州的流浪者》《爱尔兰洗衣女工》和《魔鬼舞曲》等乐曲，连小卡莉也沉浸在这欢快的音乐中不肯入睡。她坐在妈妈的腿上，睁大双眼看着爱德华兹叔叔奇怪的舞姿，挥舞着小手，咿咿呀呀地大笑着。

木屋旁边的篝火随风摇曳，篝火旁的影子也摆起妖娆的舞姿。或许只有那刚刚建起的木屋没有随着音乐一起摇摆，它只是一动不动地伫立在月光与火影当中，静静地看着这欢快的场景。

过了好一会儿，爱德华兹叔叔觉得累了，便不得不向爸爸妈妈告辞。他的营地在河谷的另一边，回去还要走很长的路。他拎起自己的猎枪，向玛丽、劳拉和妈妈一一道别，说他过惯了单身汉的流浪生活，今天晚上的聚会让他体会到了家庭的温馨与快乐，他对这一家人感激不尽。

"继续演奏，英格斯先生，"他说道，"让你的琴声陪伴我走向河谷对岸！"爱德华兹先生沿着河谷旁的小路走下了山坡，转眼就消失了，可爸爸的歌声却依旧在夜空中回荡。爸爸和劳拉望着他回家的方向，一起合唱那首歌谣：

> 丹·塔克老爷爷天生好心肠啊，
> 他用煎饼锅洗脸，
> 他用马车轮梳头，
> 却被一颗蛀牙痛得险些丢掉性命！

> 快为丹·塔克老爷爷让路啊，
> 他已经迟得赶不上晚餐，
> 晚餐已经结束，碗碟都已擦干，
> 餐桌上只剩下一块冰凉的南瓜饼。

> 丹·塔克老爷爷要进城啊，
> 骑着他的骡子，牵着他的马，
> 身后还跟着一条忠实的猎狗。

爸爸低沉有力的嗓音和劳拉柔弱细小的歌声依旧在广阔的草原上回荡，山坡下的溪谷边隐隐约约传来爱德华兹先生的最后几声呐喊：

快为丹·塔克老爷爷让路啊,

他已经迟得赶不上晚餐……

爸爸停了下来,不再继续演奏,爱德华兹先生的吼声也消失了,草原上只剩下夜风吹拂草丛的沙沙声。又大又圆的金黄色月亮高高地悬在空中,月亮散发的金色光芒让星星也黯然失色,草原笼罩在怡然的朦胧中。万籁俱寂,河谷深处的树林中传出夜莺的鸣叫,大地的万物似乎都在聆听它美妙的歌喉。夜莺不知疲倦地歌唱着,夜风吹拂草原的沙沙声仿佛在为它伴奏一样。天空依旧像个扣在大地上的玻璃罩,只是原本的蔚蓝变得漆黑透亮。

大家停止了歌唱,只是默默地坐在草地上,劳拉和玛丽仿佛进入了梦乡一般,爸爸和妈妈也一动不动地仰望天空。夜风徐徐吹过,草丛发出满足的叹息声。爸爸将小提琴夹在肩膀与脖子中间,用琴弓轻轻地触碰着琴弦,短暂的音符如同落入湖面的水滴般,在寂静的夜空中回响。爸爸停顿了一下,然后奏起了那首伤感的《夜莺之歌》,林中的鸟儿随声附和……

琴声戛然而止,夜莺却意犹未尽。当夜莺感到疲倦时,爸爸的琴声便又会响起,鸟儿的鸣叫与提琴的声音在夜空中一唱一和,仿佛是两个多年不见的朋友在月光下亲密地交谈……

六　欢喜搬新家

"墙壁已经建好了，"第二天一早，爸爸对妈妈说道，"虽然地板没有铺上，还缺些家具，但我们还是要尽快地搬进去。我还要抓紧时间建个马厩，让派特和派蒂也有地方可待。昨天夜里，我听到四周到处都有狼叫声，而且好像离我们并不远。"

"我也听到了，但我知道你有猎枪，所以我倒不是很担心！"妈妈回答道。

"没错，况且还有老杰克看家呢，但是，如果你和孩子们能住在结实牢固的木屋里，我会感到更安心些！"

"为什么我们没见到印第安人呢？"妈妈疑惑地问道。

"哦，我也不太清楚，"爸爸漠不关心地说道，"我在悬崖下看到了他们的营地，我估计是到了他们外出打猎的季节了吧。"

"好了，姑娘们该起床了，太阳晒屁股了！"妈妈叫喊着，劳拉和玛丽连忙从被窝里钻出来，穿上衣服。

"抓紧时间吃早餐吧,"妈妈说着,将剩下的几块兔肉倒进姐妹俩的餐盘里,"我们今天要搬新家了,等会儿要将木屋里的木屑和杂草打扫干净呢!"

姐妹俩匆匆忙忙地吃完早餐,便跑前跑后地帮着妈妈忙乎起来。她们将小木屋里的木屑和杂草兜在衣裙里,倒在屋子旁边的火堆旁。但是木屋里细小的木屑和杂草怎么也捡不干净,妈妈便用那把柳树枝编成的扫帚一点儿一点儿地往屋外扫。虽然脚踝的扭伤已经好了许多,但妈妈走起路来仍是一瘸一拐的。

没过多久,木屋里的地面就基本被扫干净了,劳拉和玛丽帮着妈妈将马车上卸下的物品往木屋里搬。这时,爸爸已经爬上了屋顶,正在将那块做帐篷用的帆布展开,试图罩在顶棚架子上。帆布被风吹得如同波浪,爸爸的胡子被吹得凌乱地贴在脸上,头发直立着,好像要从爸爸的头顶飞出去似的。爸爸紧紧伏在顶棚架子上,压着帆布,有好几次,大风吹得帆布几乎要带着爸爸飘走了,但是爸爸的双脚紧紧卡在墙壁的木缝中,一边用手牢牢地拽着帆布的边儿,一边将它们固定在顶棚的支架上。

"别动,"他在半空中不断地叫喊着,"待在那儿别动,真是个讨厌的……"

"查尔斯!"妈妈怀里抱着一摞儿棉被,站在小木屋门口，仰头责备地看着爸爸，但眼神中带着一丝担忧。

"老实待着，"爸爸发怒般地训斥帆布，"你怎么了，卡罗琳，为什么盯着我，你以为我要说脏话了吗？"

"哼，查尔斯，你就会狡辩！"

爸爸用墙壁上凸起的木棱当梯子，迅速从房顶爬了下来。他双手拢了拢凌乱的头发，但头发被风吹得直立起来，好像一堆杂乱无章的草丛，妈妈看着不由得笑出了声。爸爸不好意思地搂住妈妈，轻声问道："这座舒适的小屋建得如何？"

"能住上这样结实的小屋，我已经心满意足了。"妈妈回答道。虽然门和窗户还没有装好，地板仍旧是光秃秃的草皮，屋顶也只是用帆布临时扎着，但小木屋有坚实牢固的墙壁能为他们遮风挡雨，一家人再也不用坐着马车四处奔波了，这里将会是他们温馨的家。

"我们会在这里生活得很好，卡罗琳，"爸爸说道，"这里土壤肥沃、物产丰富，让我下半辈子永远待在这里，我也愿意。"

"即使这里变成人们的聚集地也没问题吗？"妈妈问道。

"那也没问题，不论有多少人迁居到这里，不论有多少邻居，我们也永远不会觉得拥挤。你看远处那一望无际的草原和蔚蓝的天空！"

劳拉知道爸爸的话意味着什么，说心里话，她也的确很喜欢这里。她喜欢这里蔚蓝、清澈的天空，喜欢这里带有青草气息的微风，更喜欢那一望无际、让人无拘无束的广阔草原。

快吃午饭时，小木屋里的一切已变得井然有序。地上已经像模像样地搭起了床铺，马车座椅和两块长板被当成家里的椅子，爸爸的猎枪挂在门口的枪架上。马车上搬下来的箱子和包袱整齐地堆在木屋的墙边。正午的太阳高挂在木屋上空，暖融融的阳光透过屋顶帆布的缝隙照射进来，微风钻过墙壁上的每一处缝隙，向小木屋里输送清新的空气。

屋外，只有那堆篝火仍待在原处。爸爸说，他会尽快在木屋里修一个火炉，而且在冬天来临之前，要攒下足够用的木材，然后将屋顶用木板封起来。除此之外，家里的地板、床铺和桌椅也都需要木头来做，但当务之急是要帮着爱德华兹先生建木屋，当然，派特和派蒂也需要个舒适的马厩。

"等这些活儿都做完了，家里还需要有个衣架呢！"妈妈补充道。

"呵呵，是啊，没问题，我们还需要挖一口井！"爸爸回应道。

吃过午饭，爸爸将派特和派蒂套上马车鞍具，然后从河谷浅滩拎回了一大桶水，给妈妈洗衣服用。"实际上，你可以拿着衣服到河边去洗，印第安人都是这么做的。"爸爸提醒妈妈道。

"如果像印第安人那样生活，你就应该在屋顶留个洞，以后垒烟囱时会用到，而且家里需要有个火炉能生火做饭，印第安人就是这么做的。"妈妈说道。那天下午，妈妈还是像往常一样，在木桶里洗衣服，将拧干的衣服搭在草丛上晾晒。

傍晚，吃过晚餐以后，一家人围坐在篝火旁，竟然对它有些恋恋不舍，因为晚上他们就可以住进小木屋了，而这堆篝火却只能孤零零地留在外边。爸爸和妈妈谈论着威斯康星州大森林里的亲戚们，妈妈很希望能写封信给他们，报个平安。但独立城离这里有四十多英里的路呢，除非等爸爸有空时赶着马车去那里，否则信是寄不出去的。远在他乡的爷爷、奶奶、叔叔、婶婶，还有堂兄弟姐妹们都不知道爸爸、妈妈带着劳拉和玛丽去向了何方，说不定心里也正在着急呢。而坐在火炉旁的一家人也在惦记着他们，不知道他们是否安好。但目前看来，想要了解彼此的近况，还需要等一段时间。

"好了，姑娘们，该睡觉了！"妈妈说着抱起早已进入梦乡的小卡莉进入他们的新家，把小宝贝放在刚刚搭好的床铺上。玛丽和劳拉也跟着进入小屋，姐妹俩彼此帮着解开后背上的衣扣。爸爸忙着在木屋大门的豁口上挂被褥，没有门，暂时用被褥挡风也是不错的选择。然后，爸爸又去牵派特和派蒂，将它们拴在家门口的墙板上。

过了一会儿，只听到爸爸在屋外轻声喊道："卡罗琳，快出来看看月亮吧！"劳拉和玛丽躺在小屋草地的床铺上，也仰起脑袋透过东边的窗口向天空望去。一轮圆月，在窗边洒下金黄色的光辉。劳拉连忙坐起身来，伏在窗口上，向外盯着被月光笼罩的茫茫草原。月光透过墙板上的缝隙，在木屋的草地上投射出千百道金光灿灿的印记。木屋里如同点着无数支蜡烛一般，劳拉可以清清楚楚地看到妈妈掀开门帘走进木屋的情景。看到妈妈的身影，劳拉连忙躺下去，生怕妈妈看到她站在床铺上淘气的样子。

这时，劳拉听到小马发出轻微的嘶叫声，紧接着，嗒嗒的马蹄声由远至近，慢慢靠近木屋。爸爸在轻声吟唱：

月亮在银河里遨游，

皎洁的月光洒向夜空……

爸爸低沉而悠远的嗓音在夜空中回响，仿佛浸透了这广阔的草原。他的歌声也跟随着脚步声来到小木屋门前：

　　　　银色的月光，带着暗淡的忧伤……

　　"嘘，查尔斯，别吵醒了孩子们！"妈妈轻声阻止道。于是，爸爸蹑手蹑脚地走进木屋，老杰克也跟在身后走了进来，趴在光秃秃的草地上。从今天开始，一家人可以住在结实牢固的小木屋里，过上安安稳稳的日子了。劳拉迷迷糊糊地听到草原深处传来狼的嚎叫，脊背上不由得泛起一丝凉意，但她太累了，很快就进入了梦乡……

七　与狼群为伍

只用了一天工夫，爸爸和爱德华兹叔叔便建好了马厩，甚至连马厩的顶棚也搭上了。那一天，他们忙到很晚才完工，妈妈不得不推迟吃晚餐的时间。

马厩没门，爸爸借着月光，在马厩门洞前立了两个粗壮的柱子，他将派特和派蒂牵进马厩，然后在两根柱子上横着扎了一些木条。这样一来，马厩的门洞就好像被封闭了似的。

"好了！"爸爸叹息了一声，说道，"让那群野狼嚎叫去吧，今晚我可以睡个安稳觉了。"

第二天清晨，当爸爸掀开那扇篱笆似的马厩门时，劳拉被眼前的情景惊呆了。派特身旁摇摇晃晃地站着一匹细腿儿大耳朵的小马驹。劳拉兴奋极了，朝小马驹跑过去，但派特却机警地竖起耳朵，冲劳拉龇牙嘶叫。

"退后，劳拉，别靠到跟前去！"爸爸警告道，然后又轻声抚慰道，"派特，宝贝，你知道我们不会伤害你的小马驹。"派特轻声嘶鸣,仿佛明白了爸爸说的话的意思。它允许爸爸抚摸它的马驹,却不允许劳拉和玛丽靠近。姐妹俩即便伏在马厩外木板的缝隙上看小马驹,派特也会翻着白眼向她俩龇牙。她们从未见过长着这样长耳朵的小马,爸爸说这应该是一头骡子。在劳拉看来,小马驹的外表很像一只兔子,于是她给小马驹取了个新名字——邦尼①。

从那儿以后,爸爸经常将派特拴上马绳,让它在木屋附近自由自在地吃青草,邦尼跟在派特身边,一边撒欢乱蹦,一边好奇地观察这陌生的世界。派特在外边吃草时,劳拉就需要照看好小卡莉,因为除了爸爸之外,任何人接近邦尼,派特都会愤怒地嘶鸣,恨不得撕咬对方。

一个星期日的午后,爸爸骑着派蒂出门了,他想到草原深处逛逛。家里的猎物、肉食还有很多,所以爸爸并没有带猎枪。爸爸沿着河谷旁的深草丛一直向西北方走去。河边的群鸟惊慌失措地扑扇翅膀,在空中盘旋一阵儿,再落到爸爸前方不远的草丛中。爸爸一边前行,一边搜寻着河岸两侧,或许他是在寻找饮水的鹿群。突然,爸爸拍打着派蒂,一路小跑起来。不一会儿,爸爸和小马便消失在茂密的草丛中,看不到踪影了。

傍晚,爸爸还没回家。妈妈耐心地坐在篝火旁,用棍

---

① 邦尼:英文为 bunny,在英文中是小兔子的意思。

子搅动火苗，向火堆里添加木柴。又过了一会儿，妈妈开始准备做饭。玛丽坐在小木屋的床铺上照看着小卡莉，劳拉走出木屋问道："妈妈，你来看看，老杰克这是怎么啦？"

老杰克在木屋门前的草地上走来走去，神情凝重而又焦急，不停地抬起鼻子嗅着空气，脖颈上的毛发时不时地耸立起来。木屋另一侧的派特也不停地猛蹬蹄子，时而全神贯注地聆听，时而绕着拴马桩狂奔，时而又发出低沉的嘶吼声。邦尼紧紧地跟在它身后。

"你怎么啦，老杰克，发生什么事了？"妈妈问道，但老杰克只是抬头紧张地盯着她，可惜它不会讲话。妈妈随即站起身来向四周张望，但依旧是那片广阔的草原，一切都如往常般平静，并没有什么异常。

"别担心，应该没什么事，劳拉！"妈妈说着，翻动了一下咖啡壶下的炭火，又将三脚锅放在炉火上。草原野鸡肉在三脚煎锅上发出嗞嗞啦啦的响声，玉米饼的香甜味儿向周围弥漫。妈妈继续干着活儿，眼睛却警惕地注视着四周。老杰克仍旧在不安地走动，派特再也不肯低头吃草，它挺直身子，注视着爸爸离开的方向，小邦尼紧紧依偎在它的身旁。正在这时，草原的西北侧传来一阵急促的马蹄声，劳拉的目光向远处搜寻，她看到派蒂迈开大步，拼命地向木屋这边奔跑，而爸爸的整个身躯几乎都要趴在它的脖子上了。

派蒂奔跑得太猛，以至于跑过了小木屋旁的马厩还没停下来，爸爸拼命扯住缰绳，派蒂扬起了前蹄，险些蹲坐在地上。它浑身颤抖着，深黑色的皮毛上满是汗水。爸爸翻身跳下马，已经上气不接下气了。

"发生什么事了，查尔斯？"妈妈惊恐地问道。

爸爸喘息着望向河谷那边，妈妈和劳拉也随着他的目光看去，可是除了茂密的草丛以及河岸边隐隐约约的树冠外，什么也没有。

"怎么啦？你干吗让派蒂跑这么快啊？"妈妈继续问道。

爸爸深吸了一口气，断断续续地说道："我以为狼群会跟着我到木屋这边来，看来还好，它们没追过来。"

"狼群？"妈妈慌了神，"哪里有狼群？"

"别担心，没什么事，卡罗琳！"爸爸回答道，"让我歇会儿，喘口气！"

爸爸休息了一会儿，等他平静下来后，才接着说："不是我让派蒂跑那么快的，我已经尽全力拽住缰绳了。它是被狼群吓着了，那边至少有五十只狼。卡罗琳，我从来没见过这么庞大的狼群。我再也不会单枪匹马地穿过那片草原了，给我多少钱也不去了。"这时，太阳已经落山了，草原笼罩在一片朦胧中。爸爸继续说道："等有时间，我再慢慢讲给你听!"

"好吧,那我们今天回木屋里吃晚餐吧!"妈妈说道。

"不用,"爸爸回答道,"有老杰克呢,如果出现狼群,它会及时警告我们的!"说着,爸爸走向屋后,将派特从马桩上解开,直接牵进了马厩,并没有像往常那样牵着小马去河谷边饮水。妈妈准备明天一早洗衣服的水桶里还装着水,爸爸拎起水桶,放进了马厩。然后,他心疼地为派蒂擦拭身上的汗水,也将它和派特、邦尼一起关进马厩里吃谷子。

妈妈很快准备好了晚餐,一家人围着篝火就餐。玛丽和劳拉靠在火堆旁,紧紧护着身边摇篮里的小卡莉。火苗随着夜风轻轻摇摆,姐妹俩觉得身后的黑暗中仿佛有数不清的野兽的脑袋在攒动。老杰克蹲坐在劳拉身旁,机警地竖起耳朵,聆听周围的动静。它不时地站起身来围着火堆跑上几圈,过一会儿又回到劳拉身边坐下,但并没有像傍晚时那样毛发直立地低吼。老杰克嘴巴两侧的牙齿外露,但每个牛头犬都是这样的,它们天生一副凶相。

玛丽和劳拉一边吃着玉米饼,啃着野鸡骨头,一边静静地听着爸爸讲述当天的经历。爸爸说他在附近发现了好几家邻居,还不断有人到大草原上定居呢,但他们大都聚集在河谷两岸。离这儿不远处,大约西北方向三英里,有一对儿夫妇正在深草区的一片空地上建造房屋。他们家姓斯科特,爸爸跟他们聊了一会儿,觉得人很不错,善良淳朴。再往北六英里处住着两个单身汉,他们在草地上开垦了两片耕地,将房子建在了两片耕地之间。两个单身汉分别将床铺摆在靠近自己田地的那面墙边上,这样看来,虽然木屋只有八英尺宽,虽然他们共用厨房,在一起吃饭,但实际上他们是分别住在属于自己的那片土地上的。

这时,劳拉有些着急了,爸爸讲了这么久,还是没听到关于狼的故事,但她心里明白,现在打断爸爸的讲话是很不礼貌的行为。爸爸说,那两个单身汉根本不知道这片草原上还有邻居,迄今为止,他们只看到过游牧的印第安人。单身汉们看到与自己相同的居民,心里莫名地感到高兴,一再挽留爸爸留下来陪他们聊天。

聊了一会儿,爸爸继续骑马前行。地势渐渐升高,走着走着,爸爸看到远处河谷旁有一个白色的斑点。他猜想那一定是谁家的马车帐篷,果不其然,等走近后,发现那是坐在马车上的一家八口,一对夫妻带着五个孩子。他们来自艾奥瓦州,之所以在河谷边的草地上宿营,是因为前两天马匹生病了,所以他们不得不停下来。现在,马的身体恢复了,可是连续几天在河谷边宿营,加上湿冷的夜风,又让他们得了疟疾。夫妻俩和三个年龄稍大些的孩子都病得不轻，只剩下与劳拉和玛丽年龄相仿的小儿子和小女儿在照顾一家人。

爸爸尽其所能，帮他们安顿了一下，然后骑马返回单身汉家请求帮助。其中一位毫不犹豫地跟着爸爸骑马来到河谷边，将那一家人接到地势稍高的深草区，估计用不了几天，那里的阳光和新鲜的空气就会让他们好转起来。

所有的事情都是赶巧了。爸爸忙乎了一下午，回家的时间就比他预计的晚了很多，于是爸爸想抄近道儿横穿深草区，不再沿着河谷边的原路返回。可没想到，他正骑着派蒂在草原上小跑，便被一群狼给围住了。

"那群狼的数量可真不少啊！我粗略数了一下，大约有五十只，个个膘肥体壮，估计就是人们常说的惯于捕猎水牛的那种野狼。狼群的首领长着灰色的皮毛，坐在那里就能跟我的肩膀一般高。当时，我觉得自己的汗毛全都竖起来了！"

"何况你还没带猎枪呢，真是吓死人了。"妈妈附和道。

"我也是下意识地摸了摸后背，想拿枪，但随即意识到即便有枪也阻挡不了五十只狼的进攻。而且，一旦被狼咬一口，派蒂恐怕就跑不动了。"

"那后来呢，后来怎么样？"妈妈焦急地问道。

"我几乎什么也没做，"爸爸镇定地说道，"我能感觉到派蒂想跑，其实我心里比它更害怕，恨不得赶紧逃离狼群。但我知道，一旦派蒂拔腿逃跑，群狼一定会猛扑上来，所以，我紧紧拽住缰绳，让派蒂慢慢走，一副不慌不忙的样子。"

"我的上帝啊，查尔斯！"妈妈紧张得几乎喘不过气来。

"是啊，卡罗琳，我当时也吓得不轻，我发誓以后再也不会让自己面临这种危险了。之前我可从未见过这样凶狠的狼群，其中一只大家伙一直跟在我身边，挨得很近，几乎要贴着我的马镫上。如果当时我抬起脚，就可以踢到它的肋骨。所幸的是，我和派蒂的出现根本没引起狼群的兴趣，或许它们刚刚饱餐了一顿。这听起来像个笑话，卡罗琳，那群狼就围在我和派蒂的身边，一路跟着我们走，而且那时天还亮着呢。从远处看，就像一群家狗正围着主人和马匹在嬉戏追逐，真的就像是一群老实的家狗啊！"

"我的上帝，查尔斯，这太吓人了！"妈妈惊呼道。

玛丽和劳拉坐在爸爸、妈妈身边，心里紧张得怦怦乱跳，圆睁双眼，呆呆地盯着爸爸。

"派蒂真是吓坏了，浑身颤抖着，背上几乎都湿透了。说实在的，我也直冒冷汗，但我还是强忍内心的恐惧，紧紧拉住派蒂的缰绳，在狼群中慢慢前行。狼群一直围在派蒂身旁，大约跟着我们走了四分之一英里的路程。那只大家伙始终跟在我和派蒂身旁,好像一只忠实的猎狗似的。

"过了不久,我们终于走到了山坡的尽头,坡下就是河谷的浅滩。那只灰色的头狼首先冲了下去,狼群跟着一起向河谷奔去。最后一只狼从我们身边跑过去时,派蒂找准家的方向,没命地奔跑起来。若是在平常,我用鞭子猛抽,它也不会跑得这么快。一路上我都要担心死了,真怕狼群会沿着河谷朝木屋的方向跑来。但是一想到小木屋和木屋里挂着的猎枪,我又暗自庆幸,我知道你有办法保护好孩子们,但是派特和小马驹还在草场上,万一我被狼群甩在后边,那可就麻烦了。"

"其实,你根本不必为家里的事担心,查尔斯!"妈妈松了口气,说道,"即使真有狼群,我也会想着先将马牵回马厩的。"

"那时候,我紧张得脑子都糊涂了,"爸爸说道,"我知道你有办法藏好马匹,我知道你有胆量独自应对狼群。说实话,如果那群狼真是饿了,恐怕连我自己也回不来了……"

"小水罐大耳朵①!"妈妈突然说道,她想阻止爸爸继续说下去,免得吓着了孩子们。

"呵呵,不管怎样,一切都好!"爸爸说道,"我估计那

---

① 小水罐大耳朵:英语谚语,意思是"人虽小,但心思重",此处是在提示爸爸不要继续说下去,免得孩子们听到后感到害怕。

群狼离这里只有几英里的距离了。"

"野狼群为什么也会变得慈悲起来?"妈妈疑惑地问道。

"我不太确定,卡罗琳,但有几种可能:或许它们是刚刚吃饱了,急着赶到河谷浅滩去喝水;或许它们在草原上嬉戏追逐,玩得实在开心,根本没注意到身边的环境变化,咱家的两个小姑娘不就经常这样吗;或许是因为我没带猎枪,狼群没有感到威胁,所以并不在意我的出现;还有可能是因为狼群从未在草原上见过人类,它们并不认为人类很危险,所以愿意与我们同行!"

爸爸在篝火旁讲述当天的经历,派特和派蒂在马厩中烦躁不安地踱步,老杰克警惕地围着篝火转圈儿,不时地停下脚步嗅嗅空气中的气味,脖子上的毛发因紧张而竖立着。

"该上床睡觉了,孩子们!"妈妈故作轻松地说道,但孩子们毫无睡意,连小卡莉也瞪着大大的眼睛,仿佛沉浸在爸爸的故事中。妈妈先安顿好玛丽和劳拉,让她们躺上床,然后给小卡莉穿上睡衣,将她放在摇篮里。

妈妈走出小木屋去收拾碗碟,劳拉躺在床上,心有余悸,真希望爸爸、妈妈也能回小木屋里来陪伴她们。虽然只是隔着门帘,但对劳拉来说,这仿佛是很遥远的距离,足以让她失去安全感。劳拉和玛丽直挺挺地躺在床上,一言不发，小卡莉却坐起身来自己玩耍。借着月光，劳拉看到爸爸从门外伸进一只手，摘下了挂在门框上的猎枪。屋外的篝火旁响起了碗碟的碰撞声，爸爸和妈妈小声地谈论着什么。不一会儿，劳拉便闻到从门帘外传来的淡淡烟草味儿。

爸爸建造的木屋稳固结实，但一想到爸爸拎着猎枪的样子，一想到门框上没有门，只是挂着厚重的帘子，劳拉就紧张得无法入睡，躺在床上翻来覆去。似乎过了很久，妈妈掀开帘子走了进来，这时小卡莉已经睡着了，爸爸也跟在妈妈身后，轻手轻脚地走进木屋。老杰克像往常一样最后走进木屋，却没有像往常那样伏在门口睡觉，而是抬高脑袋聆听屋外的动静。没过多久，劳拉便听到妈妈均匀的呼吸声和爸爸沉重的打鼾声，身旁的玛丽早已进入梦乡。劳拉轻轻地抬起脑袋，在黑暗中仔细观察伏在门口的老杰克，却怎么也看不清它脖颈上的毛发是否仍旧像白天那样竖立着。

劳拉在睡梦中被惊醒，她猛地坐起身子，月光透过墙板的缝隙和窗口照射进来，周围不再是漆黑一片。劳拉看到爸爸拎着猎枪守在窗边，而惊醒她的正是窗外传来的阵阵狼嚎声。

野狼这时正守在墙板的另一侧，劳拉惊恐得几乎窒息，连忙从墙边移开。她浑身冰冷地坐在床上,玛丽则用棉被捂着脑袋,老杰克浑身的毛发直立,站在门口的帘子旁低吼,随时准备冲出去。"站着别动,老杰克!"爸爸冲它说道。

狼群的嚎叫声在小木屋周围回荡。劳拉从床上爬下来,想要跑到窗口,依偎在爸爸身边,但又担心这样做会分散爸爸的注意力,最后她只好不知所措地站在屋子中央发呆。

爸爸回过头来看到穿着睡衣发呆的劳拉,轻声说道:"你想看看狼群吗,宝贝?"劳拉紧张得说不出话,只是轻轻点了点头,便拖着脚步向爸爸靠过去。爸爸将猎枪靠立在窗边的墙板上,托起劳拉的身体,让她透过窗户向外望。借着月光,劳拉清楚地看到十多只狼围坐在木屋四周,正阴森森地盯着窗口。劳拉从未见过如此健壮的狼,最大的那只比她和玛丽还要高出许多。头狼坐在群狼中间,正对着窗口。它长着一对高耸的耳朵,嘴边耷拉着鲜红的舌头,双腿粗壮,锋利的爪子牢牢地抓着草地,浑身覆盖着浓密的灰色皮毛,两只冒着绿光的眼睛直勾勾地盯着窗口的劳拉,让人不寒而栗。

窗外的野狼焦急地挪动着前爪,不停地舔舐着嘴角,好像迫不及待地要伺机扑向眼前的猎物一样。劳拉将脚趾踩进墙板中的缝隙,双手攀住窗框,却不敢将脑袋探出窗外。爸爸托着劳拉的身体,他的胳膊不由得把她托抱得更紧了。

"野狼可真是太大了!"劳拉声音颤抖地感叹道。

"是啊,而且它们的皮毛很有光泽,这说明它们从来不缺少食物。"爸爸在她耳边低声说道。确实是这样,劳拉注意到头狼身上的皮毛在月色下闪闪发光。

"它们围成一个圈儿,将木屋包围了起来。"爸爸继续解释道。

劳拉从窗口上跳下来,跑到屋子的另一侧窗口前,爸爸随后也跟过来,托起她向外观看。爸爸说得没错,东侧的窗外也围着狼群。这边的狼群好像靠得更近,双眼散发着令人恐怖的绿光,劳拉几乎能听到它们沉重的呼吸声。狼群发现窗口有人向外张望后,警觉地向后退了几步,让包围圈的范围变得更大。派特和派蒂在马厩中不安地嘶鸣、跑动,不时地抬起前蹄踩踏地面和马厩墙板,发出砰砰的响声。

爸爸连忙到另一侧窗口向外张望,查看马厩的情况,劳拉也跟了过去。碰巧这时,头狼抬起脖子,尖尖的鼻子指向天空,张大嘴巴冲着月亮大声嚎叫。于是,围在四周的野狼全都抬起脖子向天空嚎叫着,好像是在回应它。刺耳的嚎叫声在寂静辽阔的草原上回荡,几乎让小木屋也跟着颤抖了起来。

"好了,小家伙,上床睡觉去吧,"爸爸的声音再次响起,"老杰克和我会保护你们的,安心睡吧!"

劳拉不情愿地爬上床,但仍旧毫无睡意。墙板外野狼的喘息声、爪子的刨地声和鼻孔中发出的低吼声仿佛近在耳边。过了一会儿,头狼又发出尖锐的嚎叫声,群狼嚎叫着回应它。爸爸却始终不慌不忙地在两个窗口之间踱步,来来回回地巡视窗外,老杰克始终一动不动地守在门前的帘子旁。狼群虽然在不停地嚎叫,但只要有爸爸和老杰克守着,它们是无论如何也不敢冲进小木屋的……劳拉这样安慰着自己,很快又进入了梦乡。

八 坚固的木门

睡梦中,劳拉感到面颊传来一阵暖意,一觉醒来,发现天已大亮,早晨的阳光正和煦地照着大地。玛丽正在木屋外的篝火旁与妈妈聊天。劳拉穿着睡衣,光着脚丫跑出木屋,屋外的狼群早已不见踪影,只在木屋和马厩旁的草地上留下了清晰的爪印。

爸爸正吹着口哨沿着河谷边的山坡往回走。他回到马厩旁,背起猎枪,像往常一样牵着派特和派蒂去浅滩饮水。他刚刚去河边察看了狼群的足迹,知道它们尾随鹿群走远了。两匹矮马看到河边狼群的足迹仍畏缩不前,警惕地竖起耳朵,察看周围的情况。派特一边走,一边护着自己的小马驹,唯恐它遇到危险。但是,因为有爸爸陪在身边,马儿们便壮着胆子一路跟着来到了河谷边。

妈妈准备好了早餐,等爸爸从河边回来后,一家人便围坐在篝火旁吃起香喷喷的野鸡肉和玉米糊。爸爸说,今天无论如何也要将家里的木门做好。等再有狼群出现时,他可不愿让孩子和狼之间只有一层棉被挡着。

"家里的钉子不够用了,要去独立城买钉子还要等很久呢,我可不想拖时间。"爸爸说道,"能干的人,用不着钉子也能建出像样的木屋来,更何况只是两扇木门而已!"吃完早饭,爸爸架好马车便去河谷的树林里砍伐木材去了。劳拉帮妈妈洗刷碗碟,收拾床铺,今天轮到玛丽照看小宝贝卡莉。

爸爸驮着木材回来后,劳拉帮着爸爸打下手,负责递送各种工具,玛丽一边照看小卡莉,一边在旁边看着。爸爸先用木锯将木材锯成与门框相同的高度,然后再锯出一条一条的短横木。之后,他用斧子将等高的圆木劈成木板,再将木板打磨得平整光滑。打磨完毕的木板整齐地排在地上,爸爸将那些短木横放在木板之上。然后用钻子将横木和木板上钻出小孔,最后在小孔中打入木楔子,一条条横木便将下边的木板紧紧固定住了。一扇橡木门就这样完成了,既结实又牢固。

紧接着,爸爸在牛皮上割下来三条皮带子,用作门的铰链。一条捆在门的上方,一条捆在中间,一条捆在接近草地的位置。具体的方法是这样的:他先在门板的边缘钻了上中下三个小孔。将牛皮带的一头对折,将一个小木块儿夹在皮带中间,然后在皮带及木块上钻个小孔,将木块儿上的小孔与门板上的小孔对齐,在小孔中镶入木楔子。

这样，皮带就跟木板连接在一起了，而且不论怎么使劲拽，皮带也不会从门板上脱落。

"你看，我是怎么说的来着，能干的人是不需要钉子的！"爸爸高兴地说道。三条皮带被固定在门板上以后，爸爸将门板抬到门框上，将皮带做成的铰链固定在门框上，门板的尺寸不大不小正合适。最后，爸爸在门框周围捆上一些木条当门挡，这样一来，门就只能向外开，不会被风吹得里外摇摆。在这之后，爸爸还要做一个门闩，门闩被固定住以后，这道门就算是彻底完工了。

爸爸做门闩的程序是这样的：他先用橡木锯出一个结实的条形木块儿，将木块儿的中间做出一个凹槽。他用木楔子将这条木块儿固定在门板内侧，让凹槽正对着门框。然后，爸爸又锯了一个略长些的木条，与木块上的凹槽形状相仿，然后将木条插进凹槽内当门闩。紧接着，爸爸在长木条的后方开了一个稍大些的孔，在孔口和门框上打了一个木楔子，木楔子与细木条之间是可以转动的。这样一来，木条落下，就可以让木条插进凹槽中将门关上，反之，向门框上方抬起木条，又可以将门闩打开。

门板及门闩安装完毕后，爸爸在墙板上做了个标记，在标记下方固定了一个木块儿。这个小木块儿是用来做门闩的挡板，防止家人用力过猛，将门闩上的木条摆向另一侧。

劳拉试着将门闩抬起，打开了门。然后又关上，放开手中的门闩，门闩便会自动滑落到凹槽里。这样，除非有人用尽全身的力量撞断门闩，否则，只要门闩被锁上，外边的人是无论如何也进不来的。

现在只剩一个问题了，如果家人在木屋外，里边门闩落下了，那该怎么办呢？爸爸又想出了一个好办法，他找来一根绳子，绳子的一端捆在门闩上，另一端绕过门的顶端，穿过墙板上的小孔，垂在墙外。如果门外的人想进来，只要轻轻拉动绳索，内侧的门闩就会被抬起来了。爸爸站在木屋内插上门，让劳拉站在门外试一试。劳拉拽住从上边垂下的绳子猛地一拽，就顺顺当当地打开了木屋的大门。

门已经做好了，结实牢固的橡木门板，配着橡木横梁，钉着厚实的木楔子，为了方便进出，还做了门外的拉门绳。站在外边想进去，只要拉动门外的绳子就可以了；如果站在里边，想阻止陌生人闯入，只要将门绳从小孔中收回即可。虽然没有门把手，也没有钥匙孔，但这确实是一扇结实、耐用又方便的好门。

"今天的效率可真高啊！"爸爸兴高采烈地说道，"多亏了你这个小助手！"说着，爸爸亲切地将劳拉搂在怀中，亲吻她的额头。爸爸整理好自己的工具，吹着口哨，牵着派特、派蒂去河谷边饮水。夕阳西下，微凉的晚风中混合着妈妈烹饪的晚餐的香味儿，劳拉跟着爸爸忙碌了一天，这时才意识到自己饿了。

晚餐吃的是腌猪肉，吃了这一顿，家里的肉食几乎消耗殆尽。第二天，爸爸又去打猎，以补充食品储存。到了第三天，爸爸和劳拉又开始忙着做马厩的木门，做法与小木屋的木门完全一样，只是马厩的木门不需要安装门闩。因为派特和派蒂压根儿用不上门闩，它们也不可能自己从外边拉开门绳。所以，爸爸只是在门板边缘简单地钻了个洞，每天傍晚，他在门板上穿一根锁链，再将锁链穿过墙板上的缝隙锁起来。这样就没人能在晚上进入马厩了。

"好了，现在我总算可以安心了！"爸爸说道。如今，越来越多的人搬来草原定居，所以，晚上将家里的马匹锁起来是最好的选择。因为，只要有鹿群的地方，就一定会有狼群；只要有马匹的地方，就一定会有盗马贼。

那天晚饭过后，爸爸满怀歉意地对妈妈说："卡罗琳，等我帮爱德华兹先生建好木屋后，就立刻给你建一个可以放在木屋里的火炉，这样以后你就可以在家里做饭了，不用在外边风吹日晒的，那样太辛苦了。虽然这段日子风和日丽，但我估计这样的好天气持续不了多久，很快就会有暴风雨了。"

"太好了，查尔斯，"妈妈感激地回答道，"不管在哪儿，不可能永远都是好天气！"

九　生火的灶台

这一天，爸爸在木屋大门正对着的墙板外忙碌起来，他先将那里的杂草清理干净，然后将地面夯实。他要在这里建造家里的壁炉和灶台。

吃过早饭，妈妈帮着爸爸架好马车，爸爸又出发了。

万物在阳光下的影子越来越短，成百上千的百灵鸟在草原上空飞舞、欢歌。清脆的歌声如春雨般落在广袤的草原上，编织出醉人的乐章。青草随风摇曳，成群的迪基鸟用灵巧的爪子握住草尖，随着青草一起翩翩起舞。

派特和派蒂，两匹小矮马大口呼吸着新鲜空气，兴奋地蹬着蹄子嘶鸣起来，迫不及待地想要出去撒欢儿。爸爸轻松地吹着口哨，握住缰绳爬上马车，准备吆喝着出发。这时，他犹豫地盯着站在马车前的姐妹俩，说道："想跟我一起去逛逛吗，劳拉？你和玛丽也一起去吧！"看到妈妈微笑地默许了，姐妹俩光着小脚，踩着车轮爬了上去，分别坐在爸爸的两侧。派特和派蒂欢快地迈开步伐，沿着爸爸每天来来去去压出的车辙印子出发了。

他们沿着光秃秃的崖壁之间的小路向前走,没过多久,就来到河谷边的坡道。河谷两侧的树丛长得很低,因为被河谷的坡道遮挡,所以从刚才的草原上无法看见。过了一会儿,地势明显升高,两旁有很多小山包,山包间仍旧是深深的草丛。偶尔还可以看到树影中躲着的小鹿,一边慵懒地纳凉,一边悠闲自在地啃着青草。听到车轮的辘辘声,小鹿们停止了咀嚼,竖起了耳朵,警觉地睁大眼睛注视着从面前经过的马车。

道路两旁的飞燕草开出了粉色、蓝色和白色的花朵,小鸟儿拍打着粉黄的翅膀在枝叶间忽起忽落,蝴蝶在花丛中来回飞舞。星星点点的雏菊点缀在树荫处,突然从树枝上蹿出的松鼠,转眼又消失在深草丛中。灰白色的野兔却不怕人,时而蹦蹦跳跳,时而驻足远望。颜色与草地极为相似的蛇,被马车惊起,逶迤前行,在草丛中钻来钻去,不一会儿便销声匿迹了。小溪在最深的河谷中流淌,两侧是参差不齐的岩石和红土,劳拉抬头仰望断崖的顶端,却怎么也看不到上边的草原。断崖顶上有土的地方长着高高的树木,再往前不远处,因为断崖过于陡峭,树木无法深植根系,所以只适合低矮的灌木生存。马车经过断崖旁边时,劳拉看到几棵树的根竟然悬空长在自己的头顶上方。

"印第安人的营地究竟在哪儿啊,爸爸?"劳拉忍不住开口问道。

爸爸的确在这段峡谷中看到过印第安人遗弃的营地,但今天日程很紧,爸爸急着到峡谷里运石头回家修壁炉,所以他没有时间带孩子们去那里一探究竟。

"宝贝们,你俩可以下车玩会儿,但别跑太远,不许跳进水里。要小心周围,绝不许接近蛇,这里的蛇大都是有毒的!"

于是,爸爸在峡谷里挖石头,并把它们一块一块地搬上马车。劳拉和玛丽则在峡谷旁的溪水边玩耍起来。她们看到长着细腿的水虫,在清澈的溪水水面上滑行。她们沿着溪水边跑边叫,哈哈大笑地看着绿色的青蛙被吓得纷纷跳进水中。她们倾听着斑鸠和褐鸫在林中歌唱。她们看到成群的米诺鱼[①]在河水流淌时形成的浅滩中嬉戏,细小的米诺鱼在溪水涟漪中,有时只能看到一层灰色的影子,只是它们腹部的鳞片会不时地反射出耀眼的光芒。

峡谷里感觉不到一丝风,空气仿佛是静止的。潮湿的植被混杂着泥土气息,半空中树叶随风摇曳的沙沙声和谷底潺潺的溪水声,让这寂静的旷野显得不再那么孤寂。浅

[①] 米诺鱼:一种纤细、小鳞的典型的清水河溪鱼类,亦属鲤科,是鲤科鱼类的总称。

滩潮湿的泥土上留着鹿群的足迹,每一道足迹中都蓄着一汪清水。溪边草丛中的蚊子成群结队地嗡嗡飞舞,劳拉和玛丽不停挥动双手拍打落在面颊和胳膊上的蚊虫。她们盯着清澈的溪水,渴望能够光着脚丫蹚进溪水中,以感受它的清凉。劳拉觉得用脚沾点水,感受一下也不会有什么危险,于是趁着爸爸转身搬动石头的机会,她淘气地伸出一只脚,却被爸爸的斥责声吓得连忙缩了回去。

"如果你们想蹚水,就应该到那边的浅滩上去。水面没过脚踝,这里对你们来说就太深了!"爸爸提醒道。

玛丽蹚了一会儿水,觉得河滩里的鹅卵石太硌脚,便回到岸边的圆木上坐下来休息,并耐心地挥舞手臂驱赶身边的蚊子。劳拉蹚了好一阵子,仍是意犹未尽。她一迈步子,鹅卵石就硌她的脚,所以她就静静地站在水中。溪水中的一群米诺鱼游了过来,聚在她脚下,鼓着小嘴舔舐她的脚趾。小鱼的嘴巴弄得她很痒,她便蹲下身来想要捉住小鱼,却又不小心弄湿了裙子的下摆。这时,爸爸的车上已经装满了石块:"好了,姑娘们,我们该走了,上车吧!"爸爸在不远处大喊道。

马车离开了河谷浅滩,沿着坡路重新回到了她们熟悉的大草原上。虽然在河谷玩得很开心,但劳拉还是更喜欢草原上的生活,因为风吹草丛的沙沙声和伫立在草丛中央的小木屋让她更能感受到家的温馨。整个下午,一家人都是在安静中度过的,妈妈躲在木屋的阴影中做缝纫,小卡莉独自坐在旁边的棉被上玩耍,爸爸在垒壁炉,而劳拉和玛丽则在旁边静静地观看。

爸爸在给马饮水的木桶里倒了些水和黏土,劳拉拿着木棍帮他搅拌,不一会儿,桶里的黏土就变成了泥浆。爸爸将驮回的石块分三面围在清理好的墙边,抄起一块木板,挖了些泥浆涂抹在石块上。然后,他在泥浆上又垒起一层石块儿,将大量的泥浆涂抹填充在石块之间。就这样,爸爸一层层地将石块垒成一个大盒子,大盒子三面都是由石块和泥浆砌成的,而内侧却是木屋的后墙板。渐渐的,石壁的高度已经到劳拉的下巴了,爸爸停了下来,在石墙靠近木屋的一侧,架了一根木梁。

爸爸在木梁上涂抹了泥浆,垒砌的石块都是以木梁为底座,越往上越细,这就是烟囱。不一会儿,上午运回的石块用光了,爸爸不得不再去一趟河谷。这次,妈妈不允许劳拉和玛丽跟着爸爸了,她担心河谷里湿冷的空气会让姐妹俩患上疟疾。玛丽老老实实地坐在木屋后帮妈妈缝纫被子,劳拉学着爸爸的样子将黏土和水混合,继续搅拌泥浆。

第二天上午,烟囱跟木屋的墙壁一样高了,爸爸停下来捋了捋蓬乱的头发，走进旁边的草丛中观察着耸立的烟囱。

"查尔斯，你跟野人没什么区别，"妈妈说道，"看你的头发乱的，几乎全立起来了！"

"它们原本就是立着的，卡罗琳，"爸爸回答道，"当年我追求你时，不知抹了多少油脂呢，头发还是那样根根竖立。"

说着，爸爸躺在妈妈脚旁的草地上，舒展身躯："搬了那么多石头，真是累死人了！"

"你是够辛苦的，一人就能建起那么高的烟囱！"妈妈说着，伸手帮爸爸整理了一下头发，没想到乱蓬蓬的头发因此而显得更加杂乱。"要不把剩下的泥浆抹在你头发上吧，那样，头发就会整齐多了。"妈妈调侃道。

"这主意不错，我真应该试试，或许很管用呢！"爸爸说着，一骨碌爬了起来。

"躺着吧，在阴凉处多歇一会儿！"妈妈恳求道。

爸爸边摇头，边向烟囱走去："还有很多活儿要干呢，躺在这里犯懒可不行。我得尽快将壁炉和烟囱修好，这样你就可以在木屋里做饭了，免得在外边风吹雨淋的。"爸爸从树林里拖回来一些树苗，用斧子砍成几根略细的木条，又在上边砍了凹槽，像建木屋的墙壁一样，将这些带凹槽的木条交错叠摞在石头底座的顶端，最后再抹上泥浆固定。这样，烟囱就算是建好了。

爸爸回到木屋，用斧头和锯在烟囱正对的墙板位置掏了个洞，洞口与墙外石块垒砌的方形大小相同，壁炉就建在这里了。石块垒成的空间大得足够劳拉、玛丽和小卡莉三个人一起坐进去，下边是爸爸清理出来的那片草地，上边就是爸爸刚刚用木条和泥浆搭成的顶棚。

爸爸将洞口的两侧用厚实的橡木板封住，然后分别在上下左右四个角上固定了结实的橡木架子，这样炉灶的框架就搭成了。看到崭新的炉架，妈妈兴高采烈地取出从大森林里带来的瓷器，摆在炉架上地方刚好够。瓷器的外形是个美丽的女人，穿着漂亮的连衣裙，一双小脚可以稳稳地站在炉架上。她粉红的面颊、蓝色的双眼和金色的头发刻画得栩栩如生。这瓷器是妈妈的心爱之物，千里迢迢从大森林里带出来，一路上多亏了妈妈的精心呵护，它才没有被碰碎。

妈妈、玛丽和劳拉不由得啧啧称赞爸爸精巧的手艺，只有小卡莉对家里的新壁炉毫无兴趣，她只是目不转睛地盯着炉架上的瓷器，不停地咿咿呀呀地叫喊着，想要上前去摸一摸。玛丽和劳拉则告诉她，说它只有妈妈才能碰。"卡罗琳，生火时可要小心一点儿，"爸爸提醒道，"如果火烧得太旺，火星蹿到烟囱外边，那木屋顶棚上覆盖的帆布就可能会被点着了！我会尽快再拉些木材回来，将木屋上的帐篷换掉，免得总让你提心吊胆。"

妈妈小心翼翼地在新炉架上生火做饭，她炖了野鸡肉。那天晚上，全家人第一次在小木屋里吃上了晚餐。大家围坐在西墙窗边的餐桌旁，餐桌是爸爸用两块橡木板拼成的，木板的一头儿插在墙板的缝隙中，另一头儿由两根木柱支撑在地上。爸爸用斧子很仔细地将木板刮得平整光滑，妈妈则在上边铺上了餐布，一个像模像样的餐桌就做成了。餐椅暂时用木墩代替，地板是妈妈用柳树枝扫帚细心打扫过的。木屋的角落里分别摆着两张木板床，木板上叠放着新缝补过的棉被。

夕阳透过西窗，在木屋里洒满金色的余晖，窗外一望无际的草原在夕阳的笼罩下，也变成一片金黄色。劳拉和玛丽洗净了双手，梳理好头发，围着餐巾，端坐在餐桌旁，像妈妈曾经教过的那样规规矩矩地握着刀叉，品尝着鲜美多汁的野鸡肉。姐妹俩很安静，因为她们知道在餐桌上讲话是不礼貌的行为，除非大人有事询问时，她们才可以简短地回答。劳拉不时地抬头环顾四周，看着餐桌旁的爸爸、妈妈、玛丽和小卡莉，心里不由得感到温馨而满足。能够再一次生活在房子里，真是幸福啊！

十　屋顶与地板

这些日子以来,玛丽和劳拉每天都有很多事要做,几乎忙不过来。擦洗碗碟、整理床铺、打扫卫生……还有很多新奇的东西,奇怪的发现等等。姐妹俩每天到草丛中搜寻鸟巢,每次靠近新发现的鸟巢时,鸟妈妈便会在附近尖厉地鸣叫。她们轻轻触摸那些柔软的乳黄色幼鸟,小鸟们便会张开尖尖的嘴巴,等着她们喂食。惊恐的鸟妈妈在旁边的草叶上扑扇翅膀,鸣叫声更加尖厉了,这时,玛丽和劳拉会轻轻退后,不再惊扰鸟儿的生活。

姐妹俩有时会像老鼠似的,静静地伏在草丛中,观察草原野鸡带着鸡崽儿叽叽喳喳觅食的样子。草丛中会不时出现透迤前行的蛇,还有些蛇如同麻绳一般,盘在草根上一动不动,只能通过不停吐出的蛇信子和闪着光亮的眼睛,能看出它们是有生命的动物。这种小蛇名叫束带蛇[①],据说

[①] 束带蛇:身体细小,一般不足一百厘米,无毒。身上有条纹图案,很像袜带。是加拿大至中美一带最常见的蛇类之一,有些种类咬人。

没有毒，但玛丽和劳拉没敢碰它。因为妈妈经常告诫姐妹俩，出于安全的考虑，蛇永远都不能碰，万一被毒蛇咬了，后悔也没用了。

　　有时候，玛丽和劳拉会突然发现身边的草丛中呆呆地蹲着一只胖兔子。如果她们能够安静下来，就可以跟兔子对视很久，胖兔子毫不在意她们的出现。它的鼻口不停地翕动，长耳朵后的短绒毛在阳光的映射下显得粉红粉红的，身上的长毛浓密而柔软。劳拉经常会忍不住伸手去抚摸它，但只要她迈出一小步，兔子便会瞬间消失，只剩下它刚刚趴伏过的温暖的小草坑。

　　玛丽和劳拉并不能从早到晚地玩，姐妹俩要轮流照顾小卡莉。当然，中午小卡莉睡着时，她们又可以自由自在地去草原里探险了。有时，姐妹俩在草丛中玩得正高兴时，劳拉便会忘记在木屋里睡觉的小妹妹，然后她蹦蹦跳跳、大喊大叫地跑向木屋。这时候，妈妈就会推开房门，轻声呵斥道："劳拉，我的宝贝，你又吵又闹的，可真像个印第安人啊！看你们的脸晒成什么样子了，难道我没告诉你在太阳底下要戴着遮阳帽吗？"

　　爸爸正在木屋上修建房顶，他哈哈大笑，看着下边的孩子们，唱道："一个，两个，三个小印第安人……哦……不对，是两个小印第安人！"

"算上你,正好三个!"玛丽打趣地说道,"你看你的皮肤也晒成褐色的了!"

"但爸爸不是小印第安人,是大印第安人!爸爸,我们什么时候去看'破普斯'?"劳拉问道。

"我的上帝啊,你怎么还记得这件事,为什么偏要去看印第安人家的婴儿?快去把你的遮阳帽戴上,别再提这样的傻问题了!"妈妈回应道。

劳拉的遮阳帽挂在脖颈后,她拽住帽绳戴上了遮阳帽。宽大的帽檐遮住了两侧的面颊,这样,她就只能看到正前方的东西,这也是她为什么总将帽子垂在脑后的原因。

虽然顺从地戴上了帽子,但劳拉心中仍惦记着"破普斯"的事。这片草原就是印第安人聚集区,但她一个印第安人也没看到。虽然她知道爸爸说得有道理,相信总有一天会见到"破普斯",但她真的不愿意继续等下去了。

爸爸已经摘掉了覆盖在木屋顶上的帆布,现在正准备装上木制的房顶。过去这几天,他每天都要去河谷里拉木头,回到家里就忙着将木材一根根地锯成厚度均匀的木板。现在,一摞摞木板堆在房子两侧,还有些斜靠在木屋上。

"从屋子里出来吧,卡罗琳!"爸爸在屋顶吆喝着,"我担心木板会落下去,别砸着你和小卡莉!"

"等一等,查尔斯,等我把家里的瓷牧羊女收好!"妈妈说道。过了一会儿,妈妈抱着被子、卡莉和正在缝补的衣服走出了木屋。她将被子铺在马厩旁边阴凉的草地上,然后坐在那里一边继续缝补衣服,一边看着小卡莉在身边爬来爬去。

爸爸倾下身子,拽住一条木板,使劲拉上房顶,然后将木板的一段横过橡子,搭在另一边的墙板上。摆好位置后,爸爸把钉子含在嘴里,掏出别在腰带上的锤子,将木板固定在两侧的墙板及橡子上。

钉子是爱德华兹叔叔借给爸爸的。前几天,爸爸在河谷里砍伐木材时遇到了他,他坚持将手里的钉子借给爸爸先用,并声称如果不用钉子固定,房顶上的木板是很容易脱落的。爸爸回家后不断地向妈妈称赞道:"他是我见过的最好的邻居!""是的,他真是个好人,但亏欠人家这么多人情,我总觉得过意不去!"妈妈回应道。

"不,不会的,"爸爸坚决地说道,"我从来没欠过人情,而且以后也不会。但是,作为一个好邻居,这要另当别论,这不算是欠人情。等我抽出时间去一趟独立城,向爱德华兹先生借来的东西我会全都还给他,一样都不会少。"

爸爸骑在墙板上,他每次会从兜里掏出几枚钉子含在嘴里,然后一只手挥动锤子,另一只手从嘴巴里捏出钉子,一个一个将它们钉进房梁。朝坚硬的橡木里钉钉子也不是件容易的事，但总比钻木槽、钉木楔子要快得多。有时候，爸爸的手没握住，锤子砸下来时就会将钉子弹飞。下边的玛丽和劳拉瞅准了钉子飞出的方向，跑到草丛中去寻找。有时候，好不容易找到的钉子却已经被砸弯了，爸爸只得小心翼翼地在墙板上将它敲直。毕竟，铁钉太珍贵了，能节省的，爸爸一定不会浪费。

钉上了两块木板后，房顶的空间就宽敞了，爸爸索性蹲在已经装好的木板上，沿着椽子的方向一路铺上去，每块儿木板都是压在前一块儿木板的边缘上方。一侧铺完后，爸爸爬下木屋，去木屋的另一侧铺，后边的工作就要省事很多。最后两侧的木板全部铺完后，靠近房梁的顶端部分剩下较大的缝隙，爸爸用两条窄木板做了一个木槽，将木槽倒插在屋顶的缝隙中，然后用钉子钉牢。

屋顶完工了，木屋里明显比之前阴暗了很多，因为屋顶没有缝隙，阳光无法照射进来，当然，大家也不再担心下雨时屋顶会漏雨了。

"这活儿干得真漂亮，查尔斯！"妈妈不停地赞叹道，"这下咱家里的东西可有遮盖了！"

"还会有各种各样的家具呢，只要我能做得出来，你想要什么都行！"爸爸说道，"等地板铺上以后，我马上就做床。"

之后的那些日子，爸爸又开始忙着拉木头，即便是出去打猎，他也不忘顺便拉几根木头回家。有时候，他驾着马车去拉木头时也会带着猎枪，运送木头时看到猎物就开枪。若是射中了，就当是捕猎的收获。没过多久，铺地板的木头也攒够了，爸爸又开始锯木板。铺地板的木板与房顶的略有不同，这一次，爸爸只是将每根圆木从中间剖开。劳拉很喜欢坐在木堆上看爸爸做这件事。

首先，爸爸将每根圆木的底端用斧子劈开一条缝，然后将一个铁楔子用锤子敲进缝隙中。他每次敲击时都会高高抡起锤子，一边大喊着"嗨"，一边用力敲击铁楔子。锤子与铁楔子碰撞时，会发出刺耳的"叮当"声。铁楔子会朝着爸爸用力的方向钻。当铁楔子被敲进圆木顶端后，爸爸则在后边加一根稍长的木楔子，然后用锤子一点点地敲击长木楔，逼着铁楔子向下移动，一直到圆木的末端。一整根坚硬的橡树圆木就这样被一分为二，歪向两边，露出树心中深色的条纹。

这样的活儿的确很累人，爸爸劈开一根圆木已经累得满头是汗。他将铁楔子打磨了一下，又开始劈第二根，就这样用了几天的时间才劈开了所有的圆木。

第二天清晨，爸爸起床便开始准备铺木屋里的地板。他将劈开的圆木一根根地拖进木屋，并排摆放，平面朝上。然后在地面上用铁锹挖了一个槽，将圆木平面朝上埋进槽内。埋好后的圆木只露出了平整的表面，与地面持平，再用斧子将圆木两侧不均匀的地方切齐。这样，下一根圆木就可以整齐地并排埋在上一根的旁边，而两根之间不留一丝缝隙了。所有的圆木整齐划一地铺在木屋的沟槽里之后，爸爸将斧柄取下，徒手握着斧头打磨圆木表面。他跪在地板上，闭上一只眼，歪着脑袋向四周查看是否有不平整之处。最后，爸爸站起身来，在地板上走了一圈儿，四处修剪了一下露出的毛刺，满意地点点头。

"光滑极了，一根木刺也没有，"爸爸兴冲冲地对孩子们叫喊道，"你们可以光着脚丫在上边玩耍了！"

爸爸在剩余的木材中，找了些小块的填充墙边的缝隙，但灶台的四周却留了很大的空隙，露出了原来的泥土地面，这样可以免得炉火过旺，飞出的火苗点燃屋里的木制地板。

爸爸总算铺好了木屋的地板，坚硬的橡木被修理得光滑结实。爸爸说，这样的地板能用很久。"实木拼成的地板，你可以随心所欲地踩，一辈子都不会坏的！"妈妈高兴得合不拢嘴，她终于可以不用每天踩在泥土上了。妈妈又取出她心爱的瓷器，摆在灶台上。然后又从包裹中抽出一件红色的布单，铺在餐桌上。"这样才像回事啊！"妈妈说道，"我们终于又过上文明人的生活了！"

爸爸仍旧在忙碌着，他将一条条木块塞进墙板的木缝中，再抹些泥浆，将缝隙彻底堵住。"这办法好，"妈妈赞许道，"缝隙被堵严实了，刮再大的风也不用怕了！"爸爸听到妈妈的夸奖，转过脸对她微微一笑，将手里剩下的最后一团软泥糊在墙板上抹平，然后放下手中的木桶，满足地叹息了一声。

木屋总算是彻底建完了！

"如果能装上玻璃窗该多好啊！"爸爸感叹道。

"查尔斯，我们不需要玻璃窗！"妈妈回应道。

"没关系，只要冬天我能多出去打几次猎，再多设几个捕猎的陷阱，到明年春天就有足够的钱可以到独立城买些玻璃回来。"爸爸说道，"或许还需要我们节省点儿才行！"

"如果真能负担得起，装上玻璃窗的房子的确会变得漂亮很多！但没装之前，这样也已经很不错了！"妈妈回答道。

大草原上，即便是夏天的夜晚也很凉爽。但那天晚上，一家人住在木屋里，壁炉里的火烧得很旺，全家人都觉得暖融融的。餐桌盖着崭新的红色桌布，新铺的橡木地板在火光的映衬下变成了金黄色，连摆在灶台上的瓷质少女也好像露出了浅浅的笑容。

小木屋外，夜空清澈，群星闪烁，爸爸坐在木屋外的草地上奏起了他心爱的小提琴，将自己心爱的歌谣献给妈妈、玛丽、劳拉，还有那点缀着耀眼繁星的美丽夜空。

十一　印第安客人

这天早上,爸爸带着枪,出去打猎了。

他原本打算今天做好床架,正准备将木材拖进屋子里时,妈妈说家里没有肉了,不知午餐该吃些什么。于是,爸爸便将准备好的圆木靠在墙板上,拎起猎枪准备出发打猎。

老杰克很想跟爸爸一起出去打猎,它用可怜的眼神望着爸爸,祈求他带上它。它喉咙颤抖着,不停地发出"呜呜"声,连劳拉都为它感到难过。可是爸爸还是狠心地将它锁在马厩外,独自出门了。

"不行,老杰克,"爸爸安慰道,"你必须待在家里保护家人!"随即他转身对玛丽和劳拉说道:"别解开它的绳索,不能让它到处乱跑!"

老杰克无奈地趴在地上叹息起来,被主人用链子锁起来,对它来说是件很丢人的事。它故意将脑袋转向另一侧,不愿意看到爸爸扛着猎枪走向远方的背影。爸爸越走越远,身影越来越小，渐渐消失在茫茫的草原中。

劳拉很想去安慰老杰克，因为她知道老杰克心里不好受。可是只要一看到脖子上的锁链，老杰克就总是一脸委屈的样子，不论劳拉怎样哄也开心不起来。

一上午，老杰克都是一副无精打采的样子，劳拉和玛丽当然不会抛弃它，姐妹俩一直陪在它身边。她们时不时地抚摸老杰克的脑袋，或者帮它搔搔痒，安慰它说："老杰克，看你被链子锁起来，我们心里也很难过！"老杰克仿佛完全明白姐妹俩的好意，偶尔抬起脑袋轻轻舔舔她们的手背。

劳拉跪在地上，托着老杰克的脑袋跟它说话。突然，老杰克一骨碌身子站了起来，喉咙里发出低沉的吼叫声，脖子上的毛发耸立着。劳拉吓了一跳，老杰克从未这样对自己吼叫过，它这是怎么啦？劳拉连忙转身，朝老杰克盯着的方向望去。草丛深处，两个赤裸着上身的野人正一前一后地向她们走来。

劳拉惊恐地大叫道："玛丽，你快看那边！"玛丽循着她手指的方向望去。

那是两个身体细长，个子很高，长相凶狠的家伙，褐色的皮肤泛着亮光，头发扎成一个高高的尖儿，顶端插着羽毛，像蛇一样又黑又亮的眼眸中透出凶光。他们越走越近,快要到小木屋前时,两人的身体突然隐没在了草丛中。玛丽和劳拉连忙转身向木屋后边张望,预计他们会在木屋后边出现。

"那是印第安人,"玛丽小声嘟囔了一句,劳拉心里突然感到一阵恐惧,双腿不由得颤抖起来,她真想找个地方坐一会儿,缓解一下内心的紧张。但好奇心迫使她站在那里一动不动地盯着木屋后方看,希望印第安人的身影再次出现。印第安人消失了。自始至终,老杰克一直在旁边吼叫,眼露凶光,脖子上的毛发直立着,翻着嘴唇,龇着雪白的尖牙,不停地拉动脖子上的项圈,希望摆脱锁链的束缚。劳拉惶恐地看着在马厩旁奋力挣扎的老杰克,满心希望它不要挣脱锁链,能留下来陪着她。

"有老杰克在这儿,它不会让野人伤害我们的!"劳拉一边安慰自己,一边对玛丽说道,"只要留在老杰克身边,我们就会很安全。"

"他们进小木屋了,"玛丽低声回应道,"他们进咱们的小木屋了,妈妈和卡莉还在里边呢!"

劳拉吓得浑身颤抖,脑子里一片空白,她知道自己需要做点什么,但到底该做什么呢?他们会不会伤害妈妈和小卡莉?小木屋里听不到任何声音。

"他们会不会伤害妈妈?"劳拉忍不住低声问道。

"我也不知道!"玛丽小声回应道。

"我要去解开老杰克的锁链,"劳拉声音嘶哑地吼道,"老杰克会冲进去咬死他们的!"

"爸爸说过,不能解开锁链!"玛丽压低嗓门。

"但爸爸不知道会有印第安人经过这里!"劳拉辩解道。姐妹俩低着脑袋,搂在一起,向木屋那边张望着,紧张得不敢发出任何响声。

"爸爸说过,无论如何也不能让老杰克到处乱跑!"玛丽几乎要哭了。

劳拉这时一心惦记着被印第安人堵在木屋里的妈妈和小卡莉,于是她提高了嗓门说道:"我要去救妈妈和小卡莉!"劳拉向小木屋跑去,但刚跑出几步,又转身跑回老杰克身边。她搂着老杰克的脖子,将自己的脸深深埋在老杰克脖子上的绒毛里,不停地安慰自己:只要有老杰克在,我们什么也不怕。

"我们不能将妈妈和卡莉留在那里!"玛丽说着站起身来,却紧张得迈不开步子,只能站在原地发抖。

这时,劳拉从老杰克身旁站了起来,双手紧握着拳头,咬着牙,闭起双眼,朝着小木屋的方向狂奔而去。快到小木屋门前时,劳拉脚下一绊,摔了个大跟头,但她想也没想,站起身接着向前跑。玛丽紧跟其后,姐妹俩跑到木屋跟前,却发现木屋的门是开着的,于是她们悄无声息地溜了进去。

其中一个赤裸上身的高个子印第安人正站在火炉旁,妈妈弯着腰在炉灶上煮东西。小卡莉站在妈妈身边,双手紧握着妈妈的衣襟,脑袋埋在她的裙褶里。劳拉连忙跑向妈妈,快到灶台近前时,她闻到了一股刺鼻的臭味,不由得抬头看了一眼身旁的印第安人。印第安人也在盯着她,劳拉惊恐地躲到灶台旁立着的一块木板后边。木板与她的小脸几乎一样宽,只要她不乱动,将鼻子紧紧贴在木板上,就不会看到眼前的印第安人了。木板给了她一些安全感,劳拉忍不住还是将脑袋轻轻地歪向一边,露出一只眼睛偷偷观察印第安人的模样。

由下向上,劳拉先看到了印第安人的莫卡辛皮靴[①],然后是那双满是肌肉的红褐色的腿。两个印第安人的腰间捆着皮带,腰前挂着一团带着黑白条纹的臭鼬的皮毛,劳拉这时才明白刚才的臭味是从这里散发出来的。臭鼬皮旁边还挂着一把跟爸爸的猎刀很相似的短刀和一把短柄斧子。两个印第安人双手交叉,搂在胸前,小腹两侧的肋骨清晰地向外凸着。最后,劳拉又看了一眼他们的面孔,便惊慌

---

① 莫卡辛皮靴:缝线鞋,也叫马克线鞋,以平底、舒适为特色。原为北美印第安人穿的无后跟的软皮平底鞋,多由兽皮缝制而成。

地躲回到木板后。

那两张面孔看起来是那么可怕、凶恶,特别是他们那黑色的眼眸中,让人感觉不到一丝暖意。原本应该长着头发的前额上方和耳根后侧则都是光秃秃的,只在脑袋的顶端束着高高的发尖,发尖的顶端用绳子扎着,上边还插了几根鲜亮的羽毛。

当劳拉壮着胆子再次探出脑袋时,她发现那两个印第安人正直勾勾地盯着她。当劳拉的眼神与他们黑色的眼眸交汇时,她紧张得好像心脏都要从喉咙里跳出来了。印第安人站在原地,纹丝不动,神情麻木,只有那双眼睛在不停地眨动。劳拉的身体变得僵直无力,甚至连呼吸也变得小心翼翼起来。

站在灶台旁的印第安人喉咙里响起了奇怪的声音,另外一个好像在回应似的,也发出了尖厉的"嘿"声。劳拉连忙闭起双眼,躲回木板后。这时,妈妈掀开了灶台上的锅盖,劳拉听到两个印第安人好像在灶台旁坐了下来,紧接着便传来有人吃东西的轻微响声。劳拉畏缩地探出脑袋,又藏回去,过了一会儿,又探出脑袋,这时才发现原来印第安人正在吃妈妈煮的玉米饼。他们吃光了所有的玉米饼,仍然意犹未尽,连掉在灶台上的饼渣也捡起来吃掉了。妈妈抚摸着小卡莉的头,注视着两个印第安人,玛丽躲在妈妈身后，双手紧紧拉住她的袖子。这时，劳拉隐隐听到马厩旁传来铁链的碰撞声，老杰克仍在尝试着拽断项圈，摆脱束缚。玉米饼被吃得干干净净，两个印第安人不甘心地站起身来。随着他们身体的移动，刺鼻的臭味再次蔓延开来。其中一个印第安人的喉咙里再次发出尖厉的响声，妈妈睁大眼睛注视着他，不知该说些什么。高个子印第安人转过身来，穿过地板，走向木屋的大门，另一个紧随其后一起走了出去。劳拉看着他们走出去，却听不到任何脚步声。

妈妈长吁了一口气，将劳拉和玛丽紧紧搂在怀中，透过窗口，她们可以看到那两个印第安人正一前一后地向西边的草丛走去。妈妈浑身无力地坐在床边，抱着姐妹俩，把她们搂得更紧了。她脸色苍白，浑身颤抖。玛丽不由得问道："妈妈，你怎么啦？你不舒服吗？"

"没有，"妈妈叹息着说道，"看到他们走了，我只是松了口气而已！"

劳拉揉着鼻子，埋怨道："他们闻起来可真臭！"

"是他们身上的臭鼬发出的味道。"妈妈解释道。

于是，姐妹俩将如何安慰老杰克，如何看到印第安人，又如何不顾一切地跑进木屋想解救妈妈和小卡莉的经过说给妈妈听。妈妈高兴地夸奖姐妹俩是家里的小英雄。

"好了，我们该准备午饭了，"妈妈说道，"爸爸过一会儿就该回家了，在他回家之前，我们要把午饭做好。玛丽，去帮妈妈拿些柴来。劳拉，你负责收拾餐桌。"妈妈卷起衣袖，开始和面，玛丽走出木屋抱回了一捆木柴。劳拉在爸爸和妈妈的位置前摆好了刀叉、杯子和餐盘，然后将小卡莉的小杯子放在妈妈的位置旁边。最后，将自己和玛丽的刀叉、餐盘摆好，两人共用的水杯只能摆在姐妹俩之间。

妈妈将和好的玉米面捏成两个半圆形的玉米饼，然后将玉米饼的直边正对着煎锅的边缘，最后用手将饼压实。爸爸很喜欢吃这样的玉米饼，经常夸赞说，只要是印着妈妈手印的玉米饼，就不需要别的调料了，肯定是香甜可口的。

劳拉刚摆好餐桌，爸爸就进屋了。他将一只肥壮的兔子和两只草原野鸡放在木屋门口，跺着脚上的灰走进木屋，将猎枪挂在门口的枪架上。劳拉和玛丽扑上前去，紧紧搂住爸爸的腰，迫不及待地讲述今天的遭遇。

"怎么会这样，真有这回事？"爸爸捋了捋蓬乱的头发问道，"印第安人来了？这么说，你今天终于见到印第安人了，劳拉？我前几天还发现河谷西侧有个印第安人的帐篷呢！他们进屋了吗，卡罗琳？"

"是的，两个印第安人都进来了，"妈妈不慌不忙地回答道,"很抱歉,他们拿走了你的烟叶子,还吃了不少玉米饼。他们进屋后就指着玉米面,做着各种手势,好像是说要我帮他们做玉米饼吃。我吓坏了,只好按他们的吩咐做。我当时真的吓坏了,查尔斯!"

"你的做法很正确,卡罗琳,"爸爸说道,"我们不能招惹那些印第安人。哎呀,屋子里是什么味道啊?"

"是他们身上臭鼬皮子的味道,"妈妈说道,"那也是他们穿的唯一一件衣服。"

"他们在屋子里时,说不定味道更难闻呢!"爸爸回应道。

"没错,查尔斯!另外,家里的玉米面快没了!"

"没关系,还能吃几天,而且外边的野味就够我们度过整个冬天的!所以,不用为吃的担心,卡罗琳!"爸爸安慰道。

"但是……他们拿走了家里的所有烟草叶子!"

"这也没关系,"爸爸继续说道,"我抽空去一趟独立城,在那之前,我不抽烟也能忍得住。如今,最重要的是要跟印第安人和平相处,我可不想某天深夜被围在木屋外尖叫的印第安人吵醒……"说到这里,爸爸停顿了一下,因为他看到劳拉满脸惊恐地盯着他,想知道他到底要说什么。妈妈正咬着嘴唇,拼命摇头,暗示爸爸不要说下去。

"来吧，宝贝们，妈妈的玉米饼还没烤好，我们抓紧时间给兔子剥皮，给野鸡拔毛吧。快来，我都要饿死了！"爸爸改口说道。

于是，姐妹俩跟着爸爸来到屋外，坐在门前的圆木上看爸爸用刀子清理猎物。胖兔子的眼睛旁被子弹打了一个洞，而野鸡的脑袋则整个被子弹轰掉了。爸爸解释说，它们不会觉得疼，因为根本不知道自己被子弹击中了。

劳拉帮着爸爸拎着兔子耳朵，爸爸用那把锋利的猎刀一点一点将兔子皮剥去。"等一会儿，我就把这张皮用盐水泡一泡，然后挂在木屋的墙板上晒干。等冬天来了，我就用它给我的宝贝做一顶温暖柔软的皮帽子。"爸爸一边干活，一边说道。但劳拉心中始终在惦记着上午的印第安人，她告诉爸爸说，如果玛丽肯听她的，将老杰克的锁链解开，印第安人一定会被老杰克咬死的。

听到劳拉的话，爸爸沉着脸放下了手中的刀子，问道："你和玛丽当时想放开老杰克，让它去咬印第安人？"

劳拉看到爸爸的神情，紧张地低下头，轻声嗫嚅道："是的，爸爸！"

"我不是说过不许这样吗？"爸爸的声音更加低沉，劳拉吓得一言不发。玛丽哽咽地说道："是的爸爸，我们当时想这样干！"

爸爸长长地吁了一口气,就像妈妈看到印第安人离开时那样。

"从今以后,你们俩必须要听大人的话,绝不许私做主张,做那些不该做的事,听清楚了吗?"爸爸的语气中带着愤怒。

"听到了,爸爸!"玛丽和劳拉低声回应道。

"如果你们当时解开了老杰克的锁链,知道会有什么后果吗?"爸爸继续问道。

"不知道,爸爸!"姐妹俩嗫嚅道。

"老杰克会冲进木屋咬印第安人,那可就糟了,会惹上大麻烦的,你们明白吗?"爸爸怒吼道。

"明白了,爸爸!"姐妹俩吓得几乎不敢出声,但她们心里其实是不明白的。

"他们会杀了老杰克吗?"劳拉忍不住问道。

"当然了,而且还远不止于此!所以,你们俩要听清楚,以后告诉你们怎么做,你们就怎么做,不管发生什么事都要这样!"爸爸再次强调道。

"明白了,爸爸!"玛丽和劳拉不约而同地附和道。姐妹俩暗自庆幸当时没有解开老杰克的锁链。

"按大人说的做,就不会惹祸上身,你们在这里就会很安全!"

十二　新鲜的井水

爸爸用了几天时间做好了床架。

他先将床架上要用的橡木板刮得干干净净，一根木刺也没有，然后用木楔子将床板钉在一起。四块木板连在一起组成了一个方形的大盒子，它的中间空着，用来放家里的草垫子。爸爸在床架的下边用麻绳扎成一个网状的兜子，以兜住放在上边的草垫。

爸爸将床架的两边固定在墙上，一个床角朝外。爸爸在朝外的床角旁固定了一条很高的圆木，圆木的顶端固定在房顶的椽子上，然后用三块儿橡木板横着连接在圆木与墙壁之间。这样，床头就有了一个三层架子。

"你看这个做储物架怎么样，卡罗琳？"爸爸说道。

"我都等不及了，这正是我想要的呢，查尔斯！"妈妈说道，"快帮我把草垫搬进来吧！"

一大早，妈妈就已经准备好了草垫子。草原上没有麦秆或稻草，妈妈用漂洗晾晒后的干草取而代之。被阳光暴晒后的干草既温暖又带着青草的气息，爸爸帮着妈妈将草垫抬进木屋，放进刚刚做好的床架里。妈妈细心地将草垫用床单包裹起来，在上边铺上她最心爱的花布棉被，床头摆上套着枕套的鹅绒枕头，枕套上用红线绣着两只小鸟。床铺整理好了，爸爸、妈妈、玛丽和劳拉站在床前欣赏着一家人的杰作，想象着用麻绳兜着的床垫将会是多么柔软，躺在上边肯定会比地板舒服多了。

柔软的棉被、漂亮的枕头、带着阳光和青草气息的床垫，旁边还有一个储物架，有了这一切，小木屋就变得更温馨，更有家的味道了。妈妈忙了一整天，晚上回到木屋里，仰身躺在大床上，叹息着说道："真是太舒服了，躺在这样舒适的床上真是让人觉得有些奢侈啊！"

大床做好了，木屋里也有了结实的储物柜，爸爸在储物柜上加了一把锁，这样，如果再有印第安人闯进来，就无法拿走家里的粮食或烟草了。玛丽和劳拉依旧睡在地板上，但是等爸爸腾出工夫来，就会马上为她俩各做一张小床。紧接着，爸爸要忙着挖一口井，然后抽时间去一趟独立城。但挖井是当务之急，爸爸要赶在他离开之前保证妈妈每天都有水用。

第二天一大早，爸爸在屋子外边的一个角落里画了一个圈儿，然后用铲子将圈儿里的草皮挖了出来。随后，爸爸开始挖草皮下的泥土。泥土一点一点被铲上来,爸爸的身体随之慢慢降下去。爸爸一再警告玛丽和劳拉,不让她们靠近井边。姐妹俩只好在不远处看着,最初,爸爸只是脚踩在坑里,渐渐的,他只露出半个身子,最后,爸爸的脑袋也隐没在井中,只能看到从井里被抛出的泥土。过了一会儿,玛丽和劳拉连抛出的泥土也看不到了,姐妹俩正在担心,突然听到"咣当"一声响,原来是爸爸的铁铲被扔出了井。又过了好一阵子,她们才看到爸爸拽住井口的草根,用双脚踩着两侧的泥土,吃力地爬了出来。他气喘吁吁地说道:"再往深里挖,里边的泥土就没办法抛出来了。"

挖到这个深度,爸爸就需要找个帮手运泥土才行了。于是,爸爸背起猎枪,骑着派蒂出门了。没过多久,爸爸拎着刚刚捕猎到的野兔,骑着马回来了。他已经跟斯科特先生谈好——斯科特先生帮爸爸挖好家里的井,爸爸再去斯科特先生家里为他打下手。妈妈、玛丽和劳拉从未见过斯科特夫妇,他们将家安在草原深处的溪谷里,别人只能从山谷中升起的袅袅炊烟中判断出那里有人居住。

第二天,斯科特先生一大早便赶来帮忙。斯科特先生身材矮小敦实,头发灰白,皮肤被太阳晒得又红又糙。别人经过日晒后通常会变得皮肤黝黑,但他会是爆皮。

"这该死的日头和草原风……"斯科特先生说道,"请您原谅我的粗鲁，夫人，但说实话，这儿的气候真是让我痛苦不堪，我变得像只蛇似的，整天蜕皮！"

劳拉很喜欢斯科特先生幽默的风格，每天早上，她帮着妈妈忙完洗碗碟、收拾床铺的工作后，便匆匆跑去观看爸爸和斯科特先生挖井。临近夏季，太阳开始灼人，草有些泛黄。草原的热风让裸露在外的肌肤感到干燥、发疼，劳拉丝毫不觉得这些会影响到她在户外玩耍的兴致，玛丽却更喜欢待在木屋里帮妈妈缝补被子。爸爸一再告诫劳拉不要靠井边太近。

爸爸和斯科特先生在井的上方支起了木架，木架上安装了简易的绞盘。绞盘滑轮绳索的两端各拴了一个大木桶，转动绞盘时，空桶下降至井底，而装满泥土的桶就会被提上地面。上午，斯科特先生下到井底挖土，爸爸待在地面上负责转动绞盘，清空桶里的泥土；到了下午，两人轮换，爸爸下到井底，而斯科特先生负责地面上的工作。

每天早上，斯科特下井之前，爸爸都会先在木桶里放一支点燃的蜡烛，先将蜡烛降至井底。劳拉趁着爸爸不注意，也悄悄溜到井边向下张望。井里黑洞洞的，深不见底，只在最下方透着一丁点儿蜡烛的光亮。

"应该没什么问题，来吧！"爸爸说着，将装有蜡烛的木桶缓缓升起，再将斯科特先生降下去。

"您这么做毫无必要啊，英格斯先生，"斯科特先生说道，"井里昨天就没问题了，今天当然也不会有什么危险。"

"这可不好说，"爸爸回应道，"小心驶得万年船！"

劳拉并不知道爸爸为什么要事先放下蜡烛察看一番，她很想问个明白，但爸爸和斯科特先生忙得无暇顾及她。劳拉提醒自己在晚饭时问问爸爸，但后来还是忘记了。

一天早上，斯科特先生来得明显比平常更早些，爸爸正在吃早饭。斯科特先生站在木屋外吆喝了一声："嗨，英格斯，太阳都出来了，快干活吧！"爸爸连忙喝光杯里的咖啡，出木屋忙活去了。不一会儿，木屋外就响起了绞盘的吱嘎声和爸爸的口哨声。

劳拉和玛丽正在刷洗碗碟，妈妈正在打扫木屋，整理床铺。正在这时，爸爸的口哨声突然消失了，紧接着传来爸爸急切的叫喊声："斯科特！斯科特！卡罗琳，快来帮忙啊！"妈妈惊恐地跑出木屋，玛丽和劳拉紧随其后。

"斯科特没动静了，他还在井下呢，我得下去看看怎么回事！"

"你没事先放根蜡烛下去察看情况吗？"妈妈问道。

"没有，我以为斯科特察看过了。我问他，他说一切正常啊！"爸爸慌了神，一边解开木桶上的绳索捆在自己身上，一边说道。

"不，查尔斯，你不能下去，太危险了！"妈妈大喊道。

"不，我必须下去看看！"爸爸回答道。

"查尔斯，下边可能有问题，太危险了！"

"没关系，我能处理，我会憋住呼吸的，别担心！如果真有问题，我不能丢下斯科特不管啊！他会死在里边的！"爸爸坚持道。

"劳拉，别靠那么近，到后边去！"妈妈担心地斥责道，"不，查尔斯，你不能下去，骑着马去找别人来帮忙吧！"

"来不及啦！"爸爸说完，便顺着绳子向井底滑去。

劳拉吓得退到木屋墙边，浑身颤抖地看着眼前的一切。

"查尔斯，我胳膊没力气，如果你晕倒在里边，我一个人拽不上来！"妈妈继续央求道。

"卡罗琳，别说傻话了，我要下去了。"爸爸晃晃悠悠地降了下去，转眼间，脑袋就消失在黑暗中。

妈妈跪在井边，眯着眼睛低头望着井底。百灵鸟在空中飞舞盘旋，尽情欢歌，清风微拂。劳拉站在暖融融的阳光下，却感到冷得浑身发抖。

突然，妈妈噌的一下跳起身来，抓住绞盘的摇把，使出浑身的力量绞动起来。绳子被拉得很紧，绞盘发出吱吱嘎嘎的尖叫声。劳拉心中隐隐觉得爸爸一定是晕倒在井底了，如果真是这样，妈妈使出浑身的力量，也没法将爸爸拉出来。

但是,随着绞盘的转动,绳子一点一点收了上来,爸爸的头顶露出了井口。他一只手紧握着绳索,另一只手攀住井口的支架,费力地爬了上来。妈妈腾出双手扶住爸爸,绞盘上绳索拴着的木桶随即落入井底,传来了"砰"的一声响。爸爸努力着试图站起来,妈妈说道:"不,待着别动,查尔斯!劳拉,快去给爸爸拿点水来!"

劳拉连忙跑回小木屋,从家里拖了一桶水过来。爸爸没来得及喝水,妈妈正帮着他一起转动绞盘,绳索慢慢上升。不一会儿,落入井底的木桶升了上来,木桶旁边捆着斯科特先生。斯科特先生垂着胳膊,耷拉着脑袋,嘴巴半张,眼睛紧闭。

爸爸将他扛到旁边,让他平躺在草地上,随即握住手腕感受他的脉搏,又将脑袋伏在他的胸口听他的心跳。过了一会儿,爸爸长吁一口气,浑身瘫软地坐在地上,说道:"他还在呼吸,在草地上躺一会儿,呼吸点儿新鲜空气,马上就会醒过来的。我很好,卡罗琳,我就是有些累了,我很好!"

"还说很好?我一直以为你很小心,我的上帝啊,这么做太愚蠢了,就为了能更方便地打水,就险些出了人命!我真以为……"妈妈说着,撩起围裙捂住了脸,失声痛哭起来。这一上午真是让她感到胆战心惊。

"我不想要这口井了,"妈妈哽咽着说道,"这不值得,不值得冒这么大的险做这些没有意义的事!"

斯科特先生之所以晕倒,是因为吸入了地下的有毒气体,井口的毒气要比井底稀薄得多,所以前几天爸爸和斯科特先生都没遇到危险,但今天就不一样了,井底的毒气含量太高了。人一旦大量吸入,就会昏迷不醒,有生命危险。爸爸明白这个道理,所以刚才潜入井底时,他一直憋住呼吸,直到将斯科特先生的身体捆在木桶上爬上井口。

过了好一阵子,斯科特先生终于苏醒过来了。他坐在草地上休息了很长时间。回家前,他向爸爸道歉道:"放蜡烛下去是个高明的做法,英格斯先生,是我不懂这个道理,所以才认为没有这个必要。我今天犯了个天大的错误!"

"我只知道,火不能继续燃烧的地方,人也没法生存。凡事都要小心才好。没出大事,这已经是万幸了!"爸爸说道。

那天中午,爸爸休息了很长时间。他也吸入了一些毒气,需要缓一缓才能恢复体力。下午,他用麻草捻了一根细绳,然后从子弹中取出了一些火药,将火药和麻绳的一端扎成一个小包,麻绳的另一端露在外边。

"来吧,劳拉,"爸爸说道,"我们一起去做件事。"

他们来到井口边,爸爸点燃了麻绳,等到麻绳快要燃到火药包尽头时,爸爸将火药包扔进了井里。不一会儿就听到井底传来"嘣"的一声巨响,紧接着井口处充满了浓烟。

"这样,就会把毒气都撵出来了!"爸爸说道。

烟雾消散以后,爸爸让劳拉帮他点了一根蜡烛,然后将蜡烛放在木桶中,缓缓降下。一直到井底,蜡烛始终明亮地闪烁着。

第二天,斯科特先生和爸爸又开始了挖井的工作,但每次下井前,他们总要点根蜡烛试试井底的空气是否有毒。

没过几天,井底开始变得越来越潮湿,再后来,已经有水慢慢渗到井底,但水量还远远不够。爸爸和斯科特叔叔每天都在继续往下挖,然后用木桶拎上大量的泥水。每天早上放下的蜡烛会将潮湿的井壁照得一清二楚,井底的水面已经反射出烛光摇曳的身姿。井底的泥水已经没过爸爸的膝盖,有时候,他不得不踩着木桶才能挖到水底的泥沙。

这一天,轮到爸爸在井底挖泥,斯科特先生突然听到爸爸在井下大叫。妈妈和劳拉惊慌失措地跑到井边,只听到爸爸在大喊:"拉绳子,斯科特,拉绳子!"斯科特先生拼命地摇动绞盘,不一会儿,爸爸浑身湿淋淋地爬上了井口。

"真险啊，脚下踩着了流沙！"爸爸喘息着说道，一边说一边甩着腿上的泥沙，"我正费力地用铁锹挖呢，可是铁锹突然沉下去了，一直没到手柄顶端。紧接着，一股水流猛蹿出来，我整个人就淹在水里了。""你看，这绳子下边全湿透了，足足有六英尺深呢。"斯科特先生边说边把绳子折起来，木桶里装满了水。"你水性不错啊，英格斯先生，刚才水势上升的速度比我拉你的速度快多了，你还是轻而易举地浮出了水面。"说到这里，斯科特先生突然猛地拍了一下大腿，说道："唉，我怎么忘了，你没将铁锹留在井里吧！"爸爸当然不会忘记自己的铁锹。

没过多久，深井里的水慢慢涌了上来，几乎到了井口。圆圆的井口在草地上映出蓝色的天空，劳拉低头看着井水，井水中清晰地倒映着她的小圆脸。她挥一挥手，井中的小女孩也在向她轻轻摆手。

井水清澈甘冽，劳拉觉得自己从未喝过如此清凉可口的井水。从那以后，爸爸再也不用去河谷里拎那些不新鲜的温吞吞的河水了。爸爸在井口做了一个结实的井台，又盖上了厚重的木盖，并且告诫姐妹俩，绝不可私自移开井盖。但是，每当她们口渴时，妈妈总会打开井盖，舀一桶清凉的井水给她们喝。

十三　德克萨斯牛

一天傍晚，劳拉和爸爸一起坐在木屋前的木台阶上。草原上一丝风也没有，月亮高挂夜空，爸爸自娱自乐地拉着小提琴。演奏完最后一个音符时，他让琴弦在夜空中回响，仿佛要融入美丽的夜空中一样。月色、夜空和怡人的琴声相融在一起，周围的一切都显得那样美丽，劳拉几乎不想动，想永远这样静静地坐下去，可爸爸却在一旁不断地催促她去上床睡觉。

正在这时，远处传来一阵低沉雄厚的奇怪叫声，劳拉吓了一跳，连忙问道："这是什么声音？"

爸爸侧耳静听了一会儿："天哪，是长角牛！一定是向北部迁徙，向道奇堡①进发的长角牛群。"

劳拉脱了外衣，穿上了睡衣，但她还是执意站在窗口向外张望。草原上一片宁静，往日风吹草丛的沙沙声完全

---

① 道奇堡：美国艾奥瓦州城市，在得梅因市西北144公里处，临得梅因河。1850年建要塞，1869年成市。

消失了,草原深处隐隐约约又传来那种奇怪的叫声,像是隆隆的雷声,又像是某人的低声吟唱。

"爸爸,是有人在唱歌吗?"劳拉问道。

"是的,宝贝,是西部牛仔在给牛群唱催眠曲!好了,快爬上床,你这个淘气鬼!"爸爸回应道。

劳拉躺在床上,脑海里,一大群牛伏在月光下的草丛中,牛仔们正在低声吟唱节奏舒缓的摇篮曲。

第二天早晨,劳拉穿好衣服跑出小木屋,看到两个陌生人骑在马上在马厩旁跟爸爸谈话。两个人与印第安人拥有相同的肤色,但眼睛细长,与印第安人很不一样。他们穿着皮裤,脚蹬带有马刺的靴子,腰间斜挂着手枪,脖子上围着灰色的毛巾,头顶上宽大的帽檐几乎遮住了半边脸。劳拉只听到他们对爸爸说了句"再见",然后便冲着马吆喝了几声,一路小跑地走远了。

"运气真是不错!"爸爸对妈妈说道。

原来,刚才的两个陌生人是负责牛群迁徙的牛仔,他们想请爸爸帮忙带路,免得牛群走失在草原上的河谷中。爸爸不想要他们支付金钱作为报酬,只想要点上等的牛排。

"你想尝尝正宗的德克萨斯州牛肉的味道吗?"爸爸问妈妈。

"天啊,太好了,查尔斯!"妈妈说着,眼神中满是欣喜。

爸爸找出了家里最大的手帕围在脖子上，并且向劳拉演示了一下如何用手帕遮住嘴巴和鼻孔，免得被牛群踏起的灰尘呛着。然后骑着派蒂沿着印第安人踩出的羊肠小道向西部狂奔而去。爸爸的身影不一会儿就消失在了茫茫的草原尽头。

那天日光灼人，草原风也比往日猛烈了很多，成千上万头牛迁徙的脚步声越来越近，劳拉隐约听到了群牛的哞叫声。正午时，放眼望去，草原深处飘起阵阵尘土，妈妈说那是因为牛群太过庞大，前边的牛蹄踩倒草丛，后边的牛蹄就会扬起灰尘。

日落时分，爸爸风尘仆仆地回到了家。他的外衣已经变成了灰白色，头发、胡子里都是尘土，连眼睫毛上也密密地积了一层土。他还没带回自己的酬劳，因为牛群边走边吃草，所以每天的行程很短，还没安全渡过大河谷。为了能让北部的人们吃上肥美的牛肉，牛仔们不得不放慢速度，让牛群在草场上美美地吃几天。爸爸那天晚上话很少，也没心思拉小提琴，吃过晚饭后不久就上床休息了。这一天，爸爸累坏了。

第二天，劳拉明显感觉到牛群已经离得很近了，因为它们的叫声清晰了很多，而且一直持续到天黑。之后，周围仿佛安静了许多,牛仔们又开始哼唱歌曲。劳拉终于能听清楚了,但牛仔们高亢的嗓音、哀怨的曲调让她觉得好像是狼叫。劳拉终于明白这并不是催眠曲,因为听着他们的歌声,她根本无法入睡,而且这歌声的确会引起草原深处的狼的共鸣。人们都睡着了,牛仔们的歌声仍旧在持续,一会儿高亢,一会儿低沉。劳拉忍不住悄悄爬起来,走到窗口向外张望。远处的三个火堆像极了一望无际的草原上的三只眼睛,与寂静夜空中的繁星遥相呼应。牛仔们落寞而孤寂的歌声仿佛是在向月亮哭诉自己的不幸与苦难,听得劳拉不由得感到心酸。

第二天,玛丽和劳拉几乎向西边看了一整天。她们听到了各种嘈杂和喧嚣,看到了几乎要包围小木屋的漫天尘土,时不时地还会有人们刺耳的尖叫声,偶尔还会看到几头冲向河谷边的长角牛。几个牛仔正挥舞着手里的牛仔帽,骑马在牛群后边一路狂奔,一边吆喝着一边试图冲到长角牛前边去。劳拉也在木屋前跑来跑去,学着牛仔的样子,挥舞着手里的遮阳帽,妈妈不得不呵斥她,告诫她淑女不应该做出这样不雅的举动,但劳拉心中却渴望成为一名牛仔。

傍晚时分,三个骑马的牛仔赶着一头离群的母牛从西边走来。等他们走到近前,劳拉才发现其中一个牛仔正是骑着派蒂的爸爸，那头母牛身后还跟着一头浑身长满斑点的小牛犊。母牛走得似乎很吃力，一瘸一拐，犄角上拴着两根绳子，另一端分别系在前边两个牛仔的马鞍上。母牛稍有偏离方向，便会被前边的牛仔拽回来。母牛因此哀号着，而跟在身后的牛犊也在不停地呻吟。妈妈、玛丽和劳拉站在窗口盯着眼前的一幕，正纳闷两个牛仔究竟要怎样对待这头母牛时，却发现牛仔将拴着母牛的绳索递给了爸爸，让他将牛拴在了马厩旁的柱子上。牛仔向爸爸说了声"再见"便离开了。这情景简直让妈妈难以置信，她无论如何也想不到，爸爸的酬劳竟然是两头牛！

小牛犊刚生下来两天，无法完成长途跋涉的迁徙，而母牛的身体过于虚弱，同样也无法完成迁徙。牛仔们觉得与其将它们遗弃在草原上，还不如送给爸爸当酬劳。除此之外，当初答应当作酬劳的一大块牛排也被挂在了爸爸的马鞍上。此情此景让爸爸、妈妈、玛丽、劳拉高兴得合不拢嘴，甚至就连小宝贝卡莉也都跟着手舞足蹈起来。

爸爸天生爱笑，他的笑声爽朗，声如洪钟。妈妈生性腼腆，高兴起来也只是莞尔一笑，但妈妈的笑容会让劳拉觉得很温暖。可是，今天傍晚，妈妈脸上的笑容却如花儿绽放一般灿烂，因为家里出乎意料地拥有了一头奶牛。

"把水桶给我，卡罗琳！"爸爸兴奋地说道。他拎起水桶就要去挤牛奶喝，真是迫不及待了。他拎着水桶，蹲在母牛身旁，伸手准备挤奶。母牛一惊，抬起后蹄猛地踹了爸爸一脚，爸爸毫无防备，一屁股坐在地上，随即又满脸通红地站起来，恼怒地说道："不管你有多大的脾气，我今天一定要挤奶！"

爸爸取出斧子，在木材堆里捡了几块橡树木板，将木板劈成等高的木桩，然后将木桩钉在母牛身边的草地上。再找来几根长木条，横向固定住钉在地上的木桩。这样一来，母牛就像被关进栅栏一样，丝毫动弹不得。小牛犊被夹在母牛和马厩之间，反而觉得安全了，便自顾自地在里边吃起奶来，不再没完没了地哞叫。爸爸则在栅栏的外侧伸进手去挤奶，很快就挤了满满一大杯奶。

"明天早晨我还要再挤一次，"爸爸说道，"可怜的家伙像头野牛似的，我们要慢慢驯化它，一定要让它变得温顺些。"

夜幕降临，夜鹰在夜色中捕捉追逐着昆虫。牛蛙在河谷那边呱呱地叫着。一只小鸟叫着"喂普！喂普！喂普——普——喂！"一只猫头鹰"呜呜"地叫着。草原深处，狼群的嚎叫声此起彼伏。老杰克也跟着低吠了起来。

"看来，狼群是循着牛群的足迹跟过来了。"爸爸说道，"明天我要建个更牢固的栅栏，免得母牛和牛犊被狼咬死。"

一家人带着那块牛排回到了小木屋，爸爸、妈妈、玛丽和劳拉一致同意将牛奶留给小卡莉喝，谁也没舍得品尝一口。卡莉喝牛奶时，几乎将整个杯子扣在了脸上，但劳拉似乎仍能看到她一大口一大口地咽下牛奶。喝光了整杯的牛奶，卡莉舔了舔嘴角的泡沫，张开嘴巴开心地笑了起来。

晚餐妈妈准备做烤玉米饼和煎牛肉，今天晚餐的准备时间仿佛比平常长了很多。但是，等待是值得的，美味多汁的煎牛肉并不是每顿饭都能享受得到的。如今，全家人都会有牛奶喝，说不定还可以留一些做黄油，妈妈拿手的玉米饼抹上黄油，那味道不知会有多么香甜可口。

牛群已渐行渐远，牛仔的吟唱也越来越模糊。爸爸说，牛群现在应该已经安全渡过了大河谷，或许已经出了堪萨斯州的地界。明天，牛仔们会一路向北，朝道奇堡边境贸易站进发，那里驻扎着军队，正是牛的最大需求者。

十四　印第安营地

天气一天天热了起来，连风都是热的。"像烤炉一样。"妈妈说。草开始变黄了，蓝天下的大地泛着翠绿与金黄。

中午风停了，鸟儿也停止了歌唱，周围变得非常安静，劳拉甚至能听到溪水边林中松鼠吱吱的叫声。突然，天上飞过来一群乌鸦，"哇——哇——"粗劣嘶哑地叫着。然后，一切又恢复了平静。妈妈说现在已经是盛夏了。

爸爸很想知道印第安人去哪儿了，据说他们已经离开了草原上的营地。一天，他问劳拉和玛丽想不想去看看他们的帐篷。

劳拉高兴得边跳边拍手，但是妈妈不同意她们去。

"太远了，查尔斯，"她说，"天还这么热。"

爸爸眨了眨他的蓝眼睛："这天热不坏印第安人，也热不坏我们的，"他说，"走吧，姑娘们！"

"老杰克不能去吗？"劳拉请求道。

爸爸已经拿上了他的枪，他看了看劳拉，看了看老杰克,又看了看妈妈,又把猎枪放了回去。"好吧,劳拉,"他说,"我会带上老杰克的。卡罗琳,我把枪留给你。"

老杰克绕着他们扑腾跳跃,它摇动着它毛茸茸的大尾巴。它很清楚他们要往哪个方向走,它蹿了出去,跑在前面。爸爸跟着它,后面是玛丽和劳拉。玛丽戴着她的太阳帽,劳拉的帽子垂在后背上。她们光着脚,踩在热乎乎的地上。阳光穿透了褪色的裙子,晒得她们胳膊和后背直疼。空气像烤炉里的热气,闻起来有一股淡淡的面包味。爸爸说这是高温炙烤草籽的味道。他们越来越深入大草原,劳拉感觉自己越来越渺小,甚至爸爸都不像实际上那么高了。他们终于走到了一块空地——印第安人的宿营地。老杰克惊起了一只大兔子,它从草里蹦出来。老杰克刚要扑过去,爸爸赶紧说:"老杰克,放了它!我们的肉够吃了。"老杰克听话地蹲了下来,望着那只兔子在空地上一蹦一跳地跑远了。劳拉和玛丽贴近爸爸,四处打量。空地边上长着矮树丛,低矮的灌木上缀满了淡粉色的浆果,漆树上长满了绿色的锥果,夹杂着这一片、那一片的红叶。秋麒麟的花冠已经转灰,牛眼菊金灿灿的花蕊四周伸展着黄黄的花瓣。

所有的这一切都藏在这片秘密的空地上。从自己家的木屋远远望去,除了草丛之外,劳拉什么也看不到。现在,从这片空地上,她也看不见自己家的木屋。草原似乎是平的，但实际上它是有起伏的。劳拉问爸爸大草原上像这样的空地是不是还有很多，他说是的。

"那些空地是不是都有印第安人呢？"她压低声音说。爸爸说他不知道是不是这样，或许有吧。

她紧紧地握住他的手，玛丽也握着他的另一只手，她们的眼睛盯着印第安人的营地。营地上有几堆篝火的灰烬，还有插帐篷的洞，还散落着被印第安人的狗叼得到处都是的骨头。围绕着营地的草，都被印第安人的马吃得短短的。地上到处都是印第安人穿的莫卡辛靴子的大大小小的脚印，还有光着脚丫的印第安小孩儿留下的印记。这些脚印上面还叠着兔子、鸟和狼的脚印。

爸爸教玛丽和劳拉如何辨认各种足迹。他让她们注意看一堆篝火灰烬边上的两个中等大小的鞋印，告诉她们一个印第安妇女曾经蹲在这儿。她或许穿了一条带穗子的皮短裙，穗子在灰上留下了轻微的痕迹。她的前脚掌比脚后跟在地上留的印记深，那是因为她的身体向前倾，在搅动火上锅里煮的东西。然后爸爸捡起一根熏成黑色的分叉树枝，说印第安人的锅挂在一根横梁上，横梁搭在两根立起来的分叉树枝上。他指给玛丽和劳拉看地上树枝插出的洞。然后，他让她们看篝火附近的骨头，看她们能不能辨认出印第安人的锅里煮过什么。

她们仔细地观察后说:"是兔子。"姐妹俩说得没错,这些是兔子骨头。突然,劳拉喊道:"看啊!看啊!"地上有一个闪着蓝光的东西。她捡了起来,原来是一颗漂亮的蓝珠子。劳拉高兴地叫了起来。

然后,玛丽看到了一颗红珠子,劳拉又看到一颗绿珠子,漂亮的珠子让她们忘记了一切。爸爸也帮她们找起来。他们找到了白色的、棕色的珠子,还找到了更多的红色和蓝色的珠子。整个下午,他们都在印第安人的营地上找珠子。爸爸不时地走到空地边上,往家的方向看看,然后再走回来帮忙找珠子。他们仔细地检查着地面,珠子几乎都被捡光了,这时太阳也快下山了。劳拉找到了一把珠子,玛丽也找到了一把,爸爸小心地把它们包在手帕里,劳拉的放在一角,玛丽的放在另一角。爸爸把手帕放进口袋里,带着姐妹俩往家走。他们走出空地时,夕阳照在他们的后背上。家离他们还很远,显得很小。爸爸快步走着,劳拉都快跟不上他了,她一路小跑着。太阳落得更快了,但家似乎越来越远了,草原好像变得比原来大了很多,一阵风吹过,呜呜地响着,有点儿吓人。草原上的草丛晃动着,似乎也感到害怕了。然后爸爸转过身来,他的蓝眼睛闪着光,看着劳拉。他说:"累了吧,小家伙?对你的小腿儿来说,这确实够远的了。"

他把她抱起来，她现在是大孩子了，他让她靠着他的肩膀。他拉起玛丽，一起回到了家。晚饭正在火上煮着，妈妈在摆餐具，卡莉正在地板上玩着小木块儿。

爸爸把手帕扔给妈妈："我比预计的回来晚了，卡罗琳，"他说道，"但看看姑娘们找到了什么。"他拿起奶桶，快步走了出去——先把派特和派蒂从拴它们的桩子上解下来，然后又开始挤奶。

妈妈解开了手帕，看到里面的东西叫了起来。此时的珠子比它们在印第安人营地时还漂亮。劳拉用手拨着她的珠子，看着它们闪着光，说道："这些是我的，"然后玛丽也说道："我的珠子送给卡莉吧。"

妈妈等着劳拉，看她是不是也会说点儿什么，可劳拉什么也没说。她的心里很气恼，她真是希望玛丽不要总是这么懂事。但她不能让玛丽显得比自己懂事。所以，她慢慢地说："我的珠子也给卡莉吧。"

"真是大方的小宝贝。"妈妈说。她把玛丽的珠子倒进玛丽的手里，把劳拉的珠子倒进劳拉的手里，她说她还会给她们一根线，把珠子穿起来。这些珠子会做成一条卡莉可以戴在脖子上的漂亮的项链。

玛丽和劳拉并排坐在她们的床上，她们正在把珠子穿在妈妈给她们的线上。她们先把各自的一头放进嘴里舔湿，再用手捻紧,然后玛丽把她的那一头穿过珠子的小洞,劳拉也把她的那一头一个个地穿过珠子。她们都没说话,可能玛丽心里觉得很愉快,但是劳拉不觉得。她看玛丽时,真想揍她一下,所以她再也不敢看玛丽了。

珠子穿成了一条美丽的项链。卡莉一看到它,就高兴地直拍手,不停地笑着。妈妈把项链戴到了卡莉的小脖子上,它闪闪发光。劳拉感觉好受一点儿了,毕竟,她的珠子和玛丽的珠子单独都没法做成一条项链,但是把两个人的珠子合在一起,卡莉才能拥有一条完整的项链。

脖子上的珠子让卡莉感到难受,她用手使劲地扯这些珠子。她太小,不懂得这样会把线扯断。妈妈只好把项链解下来,收好,等卡莉大一点儿再戴。在那之后,劳拉时常想念她的珠子,她还是淘气地想把它收回来。那天她过得很愉快,她一直记得穿过大草原走的长长的路,记得她在印第安营地看到的一切。

十五　疟疾大肆虐

黑莓成熟了。一个炎热的下午，劳拉和妈妈一起去摘黑莓。河谷里荆棘枝上挂满了硕大多汁的黑莓，有的长在树荫里，有的长在太阳下。但太阳太晒人了，劳拉和妈妈只好躲在树荫里。草原上的鹿躺在林影中望着妈妈和劳拉，冠蓝鸦顶着它们蓝色的羽冠在四周飞舞，生气地叫着，好像在警告妈妈和劳拉不要碰它们的果实。草丛中的蛇受了惊吓，匆忙地爬走了。松鼠们被吵醒了，冲着她们吱吱地叫着。荆棘丛中到处都是蚊子，她们一动，就会嗡嗡地飞起一大堆。

又大又熟的黑莓上落满了蚊子，舔舐着甜甜的汁液。它们也很喜欢叮劳拉和妈妈。劳拉的手指和嘴巴都被黑莓汁染成了紫色，脸、手和光着的脚丫上，到处都是荆棘划破的口子和蚊子叮的包，还有她打蚊子时留下的紫色的手印。

每天，她们都采回满满几桶黑莓，妈妈把它们摊开晒在太阳底下。

她们想吃多少黑莓就吃多少黑莓，或许到冬天她们也有黑莓可以炖着吃了。玛丽没怎么出去采黑莓，她是老大，留在家里照顾宝宝卡莉。白天时屋里只有一两只蚊子，但到了晚上，要是没有大风的话，蚊子就一团团地飞进屋子。没风的夜晚，爸爸在木屋和马厩四周点燃一堆堆的湿草。湿草冒出的浓烟，可以驱赶蚊子。因为蚊子老是叮爸爸，他没法拉他的提琴。因为蚊子太多，爱德华兹先生晚上也不来串门了。整个晚上，马厩里的派特、派蒂、小马驹、小牛犊和奶牛不停地跺脚、转身，用尾巴扫来扫去。早上醒来，劳拉的脑门上布满了蚊子叮的包。

"这种状况不会持续太久，"爸爸说，"秋天就快来了，冷风一吹，它们就完蛋了！"

这一天，劳拉觉得不太舒服，甚至晒着太阳都觉得冷，烤着火都暖和不过来。妈妈问她和玛丽为什么不出去玩，她说她不想出去玩，觉得很累，身上很疼。妈妈停下手中的活问道："你身上哪儿疼？"

劳拉也不知道到底哪儿疼。她只是说："我就是感到疼，我的腿疼。"

"我身上也疼。"玛丽说。

妈妈查看了一下，说她们看起来都很健康，但心里隐隐觉得一定有什么地方不对劲儿，要不她们不会这么安静的。她撩起玛丽的裙子和衬裙，想看看她的腿上什么部位痛，玛丽却突然浑身发抖。她抖得很厉害,牙齿都在嘴里发颤,磨得吱吱作响。

妈妈把手贴在劳拉的脸颊上:"你不可能冷啊,"她说,"你的脸像火一样烫。"劳拉想哭,但她当然不能哭,在她看来小孩子才哭鼻子呢。"我现在觉得很热,我的后背很疼。"妈妈叫来爸爸,"查尔斯,快来看看孩子们,"她说,"我觉得她们生病了。"

"哦,我自己也觉得不舒服,"爸爸说,"我一会儿热,一会儿冷,我浑身都疼。孩子们,你们也是这种感觉吗?你们的骨头疼不疼?"

玛丽和劳拉说她们也是这种感觉。妈妈和爸爸互相盯着看了好久,妈妈说:"孩子们,你们最好躺在床上休息。"

大白天就躺在床上,真是让人感到怪怪的,但是劳拉觉得浑身烧得厉害,周围的一切似乎都在摇晃。妈妈给她脱衣服时,她搂住了妈妈的脖子,请求妈妈告诉她到底怎么了。

"你会好起来的,别担心!"妈妈乐观地说。劳拉蜷缩在床上,妈妈给她盖好被子,躺在床上的感觉真好。妈妈用她凉凉的、柔软的手抚摸着她的额头说:"好了,现在,睡一觉吧。"

劳拉实际上并没有真的睡着,但是有很长一段时间,她也没有真正处于清醒的状态。她一直都是迷迷糊糊的,真是奇怪。她似乎看到爸爸半夜蹲在火堆旁,然后太阳突然很刺眼，妈妈在用勺子喂她喝汤。东西渐渐变小了，越来越小，直到小得不能再小。然后，它又开始膨胀，直到大得不能再大了。她听到两个声音越说越快，然后一个低沉的声音越说越慢，直到她都听不清了，只能听到声音，而听不清说的是什么了。

玛丽也躺在床上，就在她旁边，发着烧。玛丽把被子蹬开，劳拉感到很冷，开始大叫起来。然后，她也烧起来，爸爸手里拿着杯子，一直在抖，水都洒到她的脖子上了。她的牙齿在打战，装水的锡杯子也在抖，她简直没法喝水了。妈妈把她的被子掖好，用发烫的手摸着劳拉的脸颊。她听到爸爸说："上床躺着吧，卡罗琳。"妈妈说："查尔斯，你比我还严重呢。"劳拉睁开了眼睛，感到阳光很刺眼。玛丽在哭，嚷着："我要喝口水！我要喝水！我要喝水！"老杰克在大床和小床间跑来跑去。劳拉看到爸爸躺在大床旁边的地板上。

老杰克一边用爪子碰碰爸爸，一边呜呜地叫着。它用牙齿咬住了爸爸的袖子，晃动着。爸爸稍稍抬起了头，说："我必须得起来，我必须。卡罗琳和孩子们需要我。"可紧接着，他的头又低垂了下去，他又躺在那儿一动不动了。老杰克仰着头，嚎叫起来。劳拉挣扎着起来，但她太累了。这时，她看到妈妈因为发烧而通红的脸从床边探了过来。玛丽还一直嚷着要水喝。妈妈看了看玛丽，又看了看劳拉，小声说："劳拉，你行吗？""我行，妈妈。"劳拉说道。这次她下了床。但她刚想站起来，地板就开始摇晃起来，她摔倒在地上了。老杰克的舌头舔着她的脸，它抖着毛，不停地吼叫。还好，老杰克站得很直、很稳，她抓着它坐了起来。

　　她知道她必须拿点水给玛丽，玛丽才不会一直嚷嚷，她成功地做到了。她一路爬到了水桶那儿。里面只剩一点儿水了。她觉得非常冷，浑身抖得厉害，都没法握住水瓢。最后，她终于抓紧了水瓢，舀上了一些水，然后她又晃晃悠悠地走过地板，几步的距离此时对她来说是那么长。老杰克一路陪着她。玛丽没有睁开眼睛，只是用手握着水瓢，把里面的水喝干。然后，她就不嚷嚷了。水瓢掉到了地上，劳拉钻到了被窝里，过了很久，她才觉得暖和过来了。她时不时地能听到老杰克的呜咽声，有时她觉得老杰克的嚎叫声听起来像一只狼，但她并不感到害怕。她躺在床上，浑身发烫，听着它的叫声。后来，她听到了模模糊糊的声音，一个很低沉的声音一直在她的耳边回响，她睁开了眼睛，看到眼前有一张宽阔的黑脸庞。

　　这张脸像煤块一样黑，闪着光泽。眼睛也是黑色的，看起来很温柔。脸上的嘴巴很大，嘴唇很厚，牙齿雪白。这张脸露出了微笑，一个低沉的声音温柔地说："乖孩子，把这个喝了！"

　　一只胳膊伸到她的肩膀下面，一只黑手把一个杯子递到了她的嘴边。劳拉喝了一口,非常苦,便把头扭开了。但是那只杯子又送到了她的嘴边,那个柔和、低沉的声音又说:"喝了它,这会让你好起来的。"劳拉就把整副剂量的药都喝了。

这个胖女人又立刻端来了水。干净的、清凉的水让劳拉感觉好多了。她看到玛丽睡在她旁边,爸爸和妈妈睡在大床上,老杰克则躺在地板上,快睡着了。劳拉又看了看这位胖女人,问道:"你是谁?""我是斯科特夫人,"这位女士微笑着说,"那么,你现在感觉好多了,是吧?""是的,谢谢你。"劳拉礼貌地说。这位胖女士给她端来一碗草原鸡的热汤。"把它都喝了,好孩子。"她说。劳拉把这碗好喝的汤喝得一滴都没剩。"现在,睡一觉吧,"斯科特夫人说,"我会在这儿照顾一切的,直到你们都好起来。"第二天早晨,劳拉感觉好多了,就想起床,但是斯科特夫人说她必须待在床上,等医生来。她只好静静地躺着,看着斯科特夫人整理房间,给爸爸、妈妈和玛丽吃药,然后又给她喂药。她张开嘴,斯科特夫人从一张折叠的纸中把一份特别苦的药倒在劳拉的舌头上。然后让她喝口水,把药咽下去,然后再吃一口药,再喝一口水。药全咽了下去,但苦味还留在嘴里。

后来谭医生来了。他也是个黑人。劳拉以前从没见过黑皮肤的男子,她没法把眼睛从医生身上移开。他的皮肤是那么黑，要不是她挺喜欢他，她看到这么黑的人会感到害怕的。他冲着她微笑，露出雪白的牙齿。他和爸爸、妈妈聊天，发出爽朗的笑声。他们都想让他多待一会儿，但他得赶紧离开。

斯科特夫人说，沿着小溪，上游和下游的所有的拓荒者都患上了疟疾。没有足够多的健康人来照料病人，她不得不挨家挨户地照顾病人，日夜不停。

"你们能活过来，真是个奇迹，"她说，"你们一家人几乎是同时发病倒下的。"要是谭医生没有发现他们，她真不知道他们会怎么样。谭医生是和印第安人在一起生活的。当时，谭医生正向北赶往独立城，正巧路过了爸爸盖的木屋。奇怪的是，老杰克一向憎恨陌生人，要是没有爸爸、妈妈允许的话，它是从不让陌生人靠近木屋的，可当时它居然跑过去迎接谭医生，还求他走进屋里。

"当时，你们看起来就像死人一样，"斯科特夫人说。谭医生照顾了他们一天一夜，然后斯科特夫人才过来。现在，他要给所有生病的拓荒者看病。斯科特夫人说，得这种病是因为吃了一种西瓜。她说，"我已经说过无数次了，要是我吃了，哪怕一次那种西瓜……""那是什么？"爸爸忽然叫道，"谁有那种西瓜？"

斯科特夫人说一个拓荒者在河谷那里种了一些西瓜。任何吃了那种西瓜的人立刻就会病倒。她说她警告过人们了。

"但是，没用，"她说，"他们根本不听我的。他们还是吃，现在他们该为此付出代价了。""我可从没吃过一口那种西瓜呀。"爸爸说。

第二天，爸爸能起床了。第三天，劳拉也能起床了。然后是妈妈，再然后是玛丽。他们都很虚弱，还站不稳，但他们可以自己照顾自己了。所以斯科特夫人就回家去了。妈妈说他们不知道该如何感谢她。斯科特夫人说："嘿，邻居不就是该互相帮助的吗？"爸爸的脸颊塌陷下去了，他还只能慢慢地走。妈妈得不时地坐下来休息。劳拉和玛丽也没有力气和心思出去玩了。每天早晨，他们都要喝苦涩的药粉。但是妈妈又露出了她可爱的笑脸，爸爸也愉快地吹起了口哨。

"凡事有利有弊。"他说。他没法干活，所以他想为妈妈做一把摇椅。

他从河谷那儿找了一些细柳树，开始在屋里做椅子。他随时都能停下来，帮妈妈给炉子里添把火，或者帮她提桶水。

他先做好了四条粗凳子腿儿，再用横梁把它们固定得结结实实。然后，他从柳树的树皮上，剥下一条条的内皮，把它们来回上下地编成椅子面。他把一棵直直的柳树苗从中间劈开，把其中一半的一端钉在椅子的一边，把它上下折叠，再把另一端钉在椅子的另一边，这样就做成了一面高高的、朝后弯的椅子背。他把椅子背固定得牢牢的，又用薄柳树皮横着从上到下缠好，直到覆盖了整个椅背。爸爸用剩下的那半棵柳树苗做成了椅子的扶手。他把它从椅子前面弯到椅子背，再用柳树皮缠好。最后，他把一棵粗一点儿的长成弧形的柳树干劈成两半，把做好的椅子翻过来，倒放在地上，把弧形的部分加到了椅子腿上，摇椅就做成了。

然后他们举行了一个庆祝仪式。妈妈解下她的围裙，梳好她光滑的棕色头发，又在领口戴上她的金领花。玛丽给卡莉戴上了那条珠子项链。爸爸和劳拉把玛丽的枕头放在椅子面上，把劳拉的枕头靠在椅子背上。爸爸把铺小床的一条床单铺在枕头上。然后他拉着妈妈的手，把她领到椅子上坐好，把卡莉放到她的怀里。她向后靠着软软的靠背，瘦弱的脸颊泛着红润，眼睛中闪着泪花，幸福地笑着。摇椅轻轻地摇动着，她说："哎呀，查尔斯，我从没这么舒服过。"

爸爸拿出他的琴，借着炉火发出的微光，一边弹一边唱。妈妈轻轻地摇着摇椅，卡莉睡着了，玛丽和劳拉坐在板凳上，感到很开心。

第二天，也没说去哪儿，爸爸就骑着派蒂出门了。妈妈一直在琢磨爸爸去哪儿了。爸爸回来时，他在马鞍前用手捧着一个大西瓜。

他想把西瓜搬进屋里，但实在搬不动了，西瓜滚落到地板上，爸爸也随着西瓜倒在了地上。

"我原来以为我没法把它搬回来呢，"他说，"它肯定得有四十磅，我一点儿劲儿都没有了。把短刀递给我。"

"可是，查尔斯！"妈妈说，"不能吃，斯科特夫人说，就是这西瓜……"

爸爸大笑起来，断断续续地笑着："那是胡说，这是个好瓜。它怎么会传染疟疾呢？大家都知道是呼吸了夜晚的空气才会得疟疾的。"

"这西瓜就是在夜晚的空气中长大的呀。"妈妈说。

"胡说！"爸爸说道，"把短刀递给我！就是知道这会让我又发热又发冷，我也要吃这个瓜。"

"你就吃吧。"妈妈说着，把刀递给了他。

刀切进西瓜，发出咔嚓一声，绿色的瓜皮被一分为二，露出里面红红的瓜瓤、黑黑的瓜子。瓜瓤中心的地方都起沙了。在那样一个炎热的日子里，没有什么比这个西瓜更诱人的了。妈妈拒绝吃这个西瓜，她也不让劳拉和玛丽哪怕尝上一口。但爸爸吃了一块又一块，直到他最后叹了一口气说，剩下的给奶牛吃吧。第二天，他有一点儿发冷，也发了一阵子烧。妈妈说都是那个西瓜惹的。但第二天，她也发了一阵冷，发了一阵子烧。

那个时候他们还不知道自己为什么发烧，没有人知道这是因为蚊子叮咬人才传染了疟疾。

十六　着火的烟囱

大草原彻底变样了。现在草原上到处都是灰褐色中带着金黄，暗红色的漆树点缀其中。风在棕色的草地上怒吼，在弯曲、矮小的水牛草丛中细语。晚上，风声听起来更像是谁在呜咽。

爸爸又一次赞叹说，各个地方的差别真是太大了。在大森林时，他得收割和晾晒牧草，还要打捆和运到仓库里以备冬天使用。在大草原这里，太阳直接就把草给晒干了，马和牛自己在草原上吃草就行。他只需要准备很少的一部分草捆，以备天气糟糕时使用，这就足够了。

天气一天天变凉，他要进一趟城。他一直没去，是因为夏天太热了，派特和派蒂受不了。它们一天得拉着车走二十英里，这样走两天才能到城里。他也不想离开家太久。他把一小捆牧草放在谷仓边上。他砍了冬天要用的木头，靠着木屋摞了一长排。现在，他只要再准备好他离开期间她们吃的肉就可以了，因此他拿上枪，去打猎了。劳拉和玛丽在外面大风里玩。一听到沿着溪边传来的枪声，她们就知道爸爸打到她们可以吃的肉了。现在风更凉了，沿着小溪飞起成群的野鸭，在天上盘旋，又落了下来。小溪的上空，出现了排成V字形的大雁，它们往南飞去。飞在最前面的头雁发出"嘎嘎"的叫声。排成线的其他大雁回应着它，一只接着一只地叫着——"嘎嘎！嘎嘎！"然后，头雁又叫了一次"嘎嘎！"其他大雁继续"嘎嘎！嘎嘎！"地回应它。它拍打着有力的翅膀，直直地朝南飞去，其他的大雁排成两条长长的线跟在它的后边。

沿着小溪的树冠现在已经变得色彩斑斓。橡树变成了红色、黄色、棕色和绿色。三叶杨、悬铃木和胡桃树变成金灿灿的了。天空不再那么蓝，风刮得更猛烈了。这天下午，风刮得很大，气温降得很低。妈妈把玛丽和劳拉叫进屋里。她生上了火，把她的摇椅拖近火炉，坐下来哄卡莉睡觉，轻轻地唱歌给她听：

睡吧，小宝贝。
爸爸去打猎了。
打到兔子皮，
好来包宝宝。

劳拉听到烟囱里发出噼啪的响声。妈妈停下来不唱了，她弯下腰，向上察看烟囱。她轻轻地站起身来，把卡莉放到玛丽的怀里，推玛丽坐到扶手椅上，然后她匆忙冲到屋外去了。劳拉跟在她身后，跑了出去。

整个烟囱顶都着火了。组成烟囱的木条在燃烧。火焰在风中摇曳，吞噬着无助的房顶。妈妈拿起一根长杆子，不停拍打燃烧着的火苗，着火的木条掉落在她身边。劳拉不知该怎么办，她也抓起了一根杆子，但是妈妈让她躲开。燃烧的火焰更大了。整个木屋都可能着火，劳拉却一点儿办法也没有。她跑进了木屋。着火的木块儿顺着烟囱掉了下来，滚到了壁炉前面的地板上，屋子里到处都是烟。一根大的燃烧着的木块滚落到地板上，就在玛丽的裙子底下，玛丽吓得一动也不敢动。

劳拉太害怕了，顾不上思考，她拽住沉重的摇椅的后背，使出浑身的力气朝自己这边拉，扶手椅带着玛丽和卡莉在地板上滑了过来。劳拉抓起燃烧着的木条，扔回壁炉里，妈妈恰巧这时候进屋来了。"太棒了，劳拉——你记得我告诉过你地板上不能有火。"妈妈说。她拿起水桶，快速地把水轻轻地浇在壁炉的火焰上，炉灶里冒出了大团蒸汽。

然后，妈妈说："你的手有没有烫着？"她仔细查看了劳拉的手，但没发现有被烫伤的迹象，因为她很快就把烧着的木头扔了出去。

劳拉不是真的哭了,她已经长大,不会动不动就哭鼻子。只是有眼泪从眼睛里流了出来,她感到喉咙哽咽了,但这不算是真正的哭。她把脸埋在妈妈身上,紧紧地搂着妈妈。火没伤到妈妈,她感到很高兴。

"劳拉,别哭。"妈妈摸着她的头发,说,"害怕了吗?"

"是的。"劳拉说,"我害怕玛丽和卡莉身上着火。我害怕整个木屋都会着火,那样我们就没有木屋住了。我,我现在真是感到怕极了!"

玛丽现在能说出话来了。她告诉妈妈劳拉是怎么把椅子从火上拖开的。劳拉这么小,椅子是这么大,玛丽和卡莉还坐在上面,一定非常沉。连妈妈都感到不可思议,说她不知道劳拉是怎么做到的。

"你真是一个勇敢的孩子,劳拉。"她说。但劳拉真是被吓坏了。

"我们什么也没损失。"妈妈说,"木屋没着火,玛丽的裙子也没着火,没烧着她和卡莉。因此,一切都很好。"

爸爸回来时,发现屋子里没生火。冷风吹过烟囱的石头基座,木屋里冷飕飕的。爸爸说他会用湿的木头和湿黏土再砌好烟囱,再好好在外面抹上灰泥,这样就再也不会着火了。

他带回来四只肥鸭子,他说他本来可以猎到上百只,但四只就足够了。他对妈妈说:"你把我们吃的鸭子和鹅的羽毛都留着,我要给你做出一床羽绒被来。"

他本来可以打一只鹿回来,可是现在天还不太冷,没法把肉冻住,免得他们没吃完就坏掉了。他还找到了一大群野火鸡的窝。"我们感恩节和圣诞节有火鸡吃了,"他说,"特别大,特别肥。到时候,我去打些回来。"

爸爸吹着口哨去和泥了,还砍了一些绿色的树枝,又把烟囱搭起来了。妈妈在清洗鸭子。这次,炉火发出了令人愉快的噼啪声,火上烤着一只肥鸭子,玉米面包也烤熟了。一切都那么的舒适和温馨。晚饭后,爸爸说他明天一大早就要动身去城里。

"最好去一趟,该去一趟了!"他说。

"是的,查尔斯,你还是去吧!"妈妈说。

"其实不去城里也行,"爸爸说,"没有必要为这些小东西就跑一趟独立城。我抽过比斯科特在印第安纳种的好得多的烟,但这烟也可以。我明年夏天要种一些还给他。我真希望我没从爱德华兹那里借过那些钉子。"

"查尔斯,你借了不少。"妈妈回答说,"至于烟草,我也不希望你再欠着了。我们更需要奎宁。家里的玉米面不多了,我做玉米饼时已经很节省了,但还是快用完了,糖也快没了。你倒是可以找到蜂巢,可是你找不到玉米吧,而我们要到明年才能种玉米呢。一直吃这些野味,要是能换成咸猪肉应该会很好吃的。还有,我想给威斯康星州的家人写封信,要是你把它现在邮走的话,他们今年冬天就能给我们写信了,我们明年春天就能收到他们的回信了。"

"你说得有道理,卡罗琳。你一直都说得有道理。"爸爸说。然后他转向玛丽和劳拉对她们说该上床睡觉了。如果他要明天早晨早点儿出发的话,他今晚就要早点儿睡。他脱下了他的靴子,玛丽和劳拉换上了睡衣。她们躺到床上时,爸爸取出了小提琴,轻轻地拉着,温柔地唱道:

> 月桂树长得郁郁葱葱,
> 芸香也葱葱郁郁,
> 我亲爱的人,
> 和你们分开,
> 我真是伤心难过。

妈妈转过身面对着他,微笑着说:"查尔斯,你自己路上小心,别惦记我们!"她告诉他,"我们会很好的。"

十七　爸爸进城了

天还没亮，爸爸就出发了。劳拉和玛丽醒来时，爸爸已经走了，木屋里空荡荡的，她们感到很孤单。这和爸爸去打猎不一样。他进城去了，整整四天都不会回来。邦尼被关在了马厩里，没和它妈妈一起去。对于小马驹来说，进城的路途太遥远了。邦尼孤独地低声嘶鸣。劳拉、玛丽和妈妈待在屋子里。

爸爸不在家的时候，户外显得更空旷了。老杰克也有点儿心神不安，也更加警惕了。中午，劳拉和妈妈去给邦尼喂水，把拴着奶牛的桩子换到另外一片草地上。奶牛现在很温顺，它跟着妈妈，甚至还让妈妈给它挤奶。该挤奶了，妈妈戴上了帽子，突然，老杰克脖子和后背上的毛竖了起来，冲出了木屋。她们听到一声大叫，一阵混乱，紧接着一个声音在不停地叫喊："把你们的狗叫回去！把你们的狗叫回去！"

爱德华兹先生站在柴堆的顶上，老杰克正扑向他。"他把我逼到这上面来了。"爱德华兹先生说着,并躲到了柴堆顶部的最里面。妈妈好不容易才把老杰克弄开。老杰克凶狠地龇着牙,两眼通红。它勉强让爱德华兹先生从柴堆上下来,但把他看得很紧。妈妈说:"我想它知道英格斯先生不在家。"爱德华兹先生说狗懂的比大部分人认为的还要多。在去城里的那天早晨,爸爸顺路拜访了爱德华兹先生,请他每天都过来看看家里是否一切安好。爱德华兹先生是一位非常友好的邻居,他选择在需要干活的时间来,好帮妈妈干一点活儿。但是老杰克打定主意,在爸爸离开的时间内,除了妈妈,任何人都不能靠近奶牛和邦尼。只有把它关在屋子里,爱德华兹先生才能干点活儿。爱德华兹先生离开时对妈妈说:"今晚,把那条狗关在屋里,你们会很安全的。"

黑暗渐渐笼罩了整座木屋。木屋外的风在呜呜地刮着,猫头鹰在"呜呜呜"地叫着。一匹狼在嚎叫,老杰克也在低声地吼着。玛丽和劳拉紧紧地靠着妈妈坐在壁炉前。她们知道她们在木屋里是安全的,因为老杰克在屋里,妈妈还插上了门闩。

第二天和第一天一样空荡荡的。老杰克围绕着马厩和木屋踱步,然后再绕过马厩,踱回木屋。它一直都没理劳拉。

那天下午，斯科特夫人来拜访妈妈。她在家里做客时，劳拉和玛丽礼貌地坐着，像小老鼠一样安静。斯科特夫人非常羡慕妈妈的新摇椅。她坐在上面不停地摇晃，越摇晃越喜欢它。她还说家里非常的整洁、舒适和漂亮，说她真心希望他们别惹上印第安人的麻烦。斯科特先生已经听说了这样的麻烦。她说："天晓得，他们从来没为这片土地做过什么。他们所做的就是像动物一样在土地上四处游荡。无论有没有契约，土地都属于耕种它的人，这是常识和良知。"她不明白政府为什么要与印第安人签订协议。"只有死的印第安人才是善良的。"一想到印第安人，她的血就停止流动。她说，"我没法忘记明尼苏达州的大屠杀。爸爸、我的兄弟们和其他拓荒者一起出动，把他们拦截在离我们十五英里的地方。我经常听爸爸说他们怎么……"妈妈咳了一声，斯科特夫人停了下来。无论大屠杀是什么，它都是小孩子在的时候不能谈论的事情。斯科特夫人走后，劳拉问妈妈大屠杀是什么。妈妈说现在她没法解释，那是劳拉长大后才能明白的东西。爱德华兹先生那天傍晚又来帮着干活了，老杰克又把他追到了柴堆上。妈妈只好把它拖走了。她告诉爱德华兹先生她也不知道这狗是怎么了，可能是那天的风让它不舒服吧。

那天的风发出一种奇怪的、疯狂的吼声，它穿透了劳拉的衣服，好像她没穿衣服似的。她和玛丽把木头一捆一捆地抱进屋里时，冻得牙齿直打架。那天晚上，她们想到了在独立城的爸爸。如果一切顺利的话，他现在应该正在那儿离住户和人近的地方宿营。他明天会到商店里去买东西。然后要是他出发得早，他明天晚上就可以在大草原上宿营了，后天晚上他就可以到家了。

第三天早上，风刮得更大了，外面太冷，妈妈一直没有开门。劳拉和玛丽待在火炉旁，听着木屋周围和烟囱里的风声。下午了，她们真想知道爸爸是不是在这么大的风天离开独立城，往家里赶了。

后来，天黑了，他们猜想爸爸会在哪儿宿营。风刺骨地冷，甚至钻进了温暖的家里，尽管她们的脸被炉火烤得很烫，但她们的后背还是被风吹得冰凉。而此时，在广阔、黑暗、孤独的大草原上，爸爸正在寒风中宿营。

第四天过得非常漫长。她们知道爸爸不会在上午回来，她们在等待着，直到他可能回来的时候。下午一到，她们就开始不断地张望着河谷那边的路，老杰克也和她们一起张望着。它呜呜叫着，不时地跑到外面，围着马厩和木屋转圈儿，不时地停下来，露出它的牙齿，望着河谷下游。风很大，吹得它都快站不住了。

它进屋时，也不趴下来，而是走来走去，显得很担心的样子。它脖子上的毛一会儿竖起来,一会儿平复下来,一会儿又竖起来。它朝窗外看看,然后又冲着门呜呜地叫着。但是妈妈把门打开时,它又改变主意,不想出去了。

"老杰克在害怕什么东西?"玛丽说。

"老杰克不怕任何东西,从来就没怕过!"劳拉不服气地说。

"劳拉,劳拉,"妈妈说,"否定别人可不好。"

过了一会儿,老杰克决定出去了。它想去看看奶牛、牛犊和邦尼在马厩中是否安全。劳拉想告诉玛丽"我告诉过你了",可她没有这么做,但是她原本想这么做来着。到每天干活的时间了,妈妈把老杰克关进屋里,免得它再把爱德华兹先生追到柴堆上。爸爸还是没有回来。风把爱德华兹先生吹进了门,他冻得喘不过气来,身上都冻僵硬了。他先在火炉旁暖和了一会儿,才开始干活。他干完后,又坐下来暖和自己。他告诉妈妈印第安人在悬崖下的避风处扎营了。他从河谷走过来时,看到他们营地里升起的烟。他问妈妈她是否有枪,妈妈说她有一把爸爸的手枪。爱德华兹先生说:"我觉得这么冷的夜晚,他们会待在营地的周围的。""是的!"妈妈说。爱德华兹先生说要是妈妈觉得有必要,他会晚上留下来不走,住在马厩旁的草垛上。妈妈非常感谢爱德华兹先生,但是她说她不愿意那么麻烦他。

她们有老杰克会很安全的。"我觉得英格斯先生马上就会回来了。"她告诉他。所以爱德华兹先生穿上了他的外套,戴上帽子、围巾和手套,拿起他的枪。他说他不知道她还有没有其他的担心。"没有。"妈妈说。

她在他走后关上了门,把门闩插上了,尽管天还没有黑。劳拉和玛丽可以清楚地看到溪边的路。她们一直望着,直到天黑。妈妈把木头的窗板放下了。爸爸还是没有回来。

她们吃了晚饭,洗完了碗,扫完了炉边的地板,他还没有回来。他所在的黑暗中,寒风在尖叫,在怒吼,在咆哮,它晃动着门闩和窗板,它沿着烟囱啸叫,炉火在猛烈地摇曳。劳拉和玛丽一直竖起耳朵听着马车车轮的声音。她们知道妈妈也在留心地听,尽管她在摇椅上摇着卡莉,唱着歌,哄她睡觉。卡莉睡着了,妈妈继续摇着摇椅。最后她把卡莉的衣服脱了,把她放到床上。劳拉和玛丽互相看看,她们不想上床睡觉。

"孩子们,该上床了!"妈妈说。劳拉求妈妈让她坐到爸爸回来,玛丽也这么求妈妈,直到妈妈答应了她们。她们坐了很长很长一段时间。玛丽打了个哈欠,劳拉也打了个哈欠,然后她们一起打了个哈欠,但她们的眼睛都瞪得大大的。劳拉眼睛里看到的东西有时变得非常大,有时变得非常小,有时她看到两个玛丽,有时她的眼睛什么都看不见,但她决心一直坐着等到爸爸回来为止。突然,一个可怕的碰撞把她吓清醒了,妈妈赶紧把她抱了起来。原来她从板凳上掉了下去,磕到地板上了。她想告诉妈妈,她还不太困,不用上床睡觉,但她打了一个大大的哈欠。妈妈静静地坐在摇椅里。门板在隆隆作响,窗板也在颤动,风还在使劲地刮。玛丽的眼睛瞪得大大的,老杰克走来走去。劳拉听到风的呼啸声时大时小。

"躺下吧,劳拉,去睡吧!"妈妈轻轻地说。

"那是什么在叫?"劳拉问。

"是风在叫。"妈妈说,"现在听我的,劳拉。"

劳拉躺在床上,但没有闭上眼睛。她知道爸爸还在黑夜里,还在怒吼的风中。那些野人就沿着河谷住在悬崖底下,爸爸可能在黑暗里穿过河谷。

老杰克仍在低吼,妈妈开始轻轻地摇晃舒服的摇椅。火光忽上忽下,在妈妈腿上的手枪枪筒上来回忽闪。轻轻地,妈妈温柔地唱道:

很远很远的地方,
有一块快乐的土地,
圣人站在那里,
闪着光,

像太阳一样明亮。
听着天使在歌唱,
荣光属于主,
我们的国王是——

劳拉不知道自己已经睡着了。她觉得这些发光的天使们开始和妈妈一起歌唱,她躺在那儿听着她们的天籁之音,突然她的眼睛睁开了,她看到爸爸坐在了火炉旁边。

她从被窝里跳了出来,嚷着:"爸爸,爸爸!"

爸爸的靴子上沾满了一块块的硬泥,鼻子冻得通红,头发乱蓬蓬的。他身上特别凉,劳拉一接近他,寒气就穿透了她的睡衣。

"等等!"他说。他把劳拉用妈妈的大披肩裹了起来,然后才紧紧抱住了她。一切顺利。木屋里充满温暖的炉火的光芒,充满温馨的棕色的咖啡香气,妈妈在笑,爸爸就站在那儿。披肩很大,玛丽裹着它的另一头。爸爸脱掉了僵硬的靴子,烤着他冻得几乎不能握拳的双手。然后,爸爸坐在板凳上,让玛丽坐在他一条腿上,让劳拉坐在他的另一条腿上,他紧紧地抱着她们。她们裹在披肩里,露在外面的脚趾感受着炉火的温暖。

"啊!"爸爸舒了一口气,"我还以为我再也回不到这里了呢。"

妈妈翻看着爸爸买来的东西,把糖一勺一勺地挖进一个锡杯中。爸爸从独立城里买回了糖。"查尔斯,你的咖啡马上就好了!"她说道。

"去和回来的路上,都下了雨。"爸爸告诉她们,"粘在辐条上的泥巴冻住了,整个轮子都被糊得严严实实的。我得不时地跳下来,把它敲松,这样马才能拉着车往前走。似乎我们还没怎么走呢,我就又得下去敲了。我只能这样做才能让派特和派蒂顶着风拉着车走。它们累坏了,根本走不动。我从没见过这样的风,吹在身上像刀割一样。"

他还在城里时就起风了。人们告诉他最好等风停了再走,但他想回家。"我真不明白,"他说,"他们为什么管从南边吹来的风叫北风,还有这从南边来的风怎么会这么冻人。我从没见过这样的风。在这个地方,这股南风的北端居然是我听说过的最冷的风。"

他喝了口咖啡,用手绢擦了擦他的胡子,说:"哦!卡罗琳,这就对了!我现在开始暖和过来了。"

这时他朝妈妈眨了眨眼睛,让她打开桌子上那个方形的包裹。"小心点儿,"他说,"别掉了。"

妈妈停了下来说:"哦,查尔斯!这包裹里到底是什么?"

"打开它！"爸爸说道。

在那个方形的包裹里有八小块窗户玻璃，他们的木屋会有玻璃窗了。一块都没有打碎，爸爸安全地把它们带回了家。妈妈摇着头说他不该花这么多钱，但她的脸上带着笑意，爸爸高兴地笑了起来。他们都很高兴。整个冬天——他们可以想看窗外多久就看多久了，阳光也会照进来。

爸爸说他觉得和其他礼物比较起来，妈妈、玛丽和劳拉会更喜欢玻璃窗。他猜对了，她们确实最喜欢玻璃窗。但是除了玻璃窗，他还给她们买了别的。有一个包着纯白糖的小纸袋，妈妈打开后，玛丽和劳拉直盯着那晶亮、雪白的糖，她们每人都用勺子尝了一小口。然后妈妈把它小心地包好。他们等有客人时再吃这种白糖。

最好的是，爸爸安全回到了家。劳拉和玛丽又回去睡觉了，这回她们可以安心地睡了。爸爸在家时，一切都很好。现在他有了钉子、玉米面、腌猪肉、盐和其他所有的东西。爸爸很长时间都不用再进城了。

十八　高个子野人

北风呼呼地在草原上接连刮了三天，呼啸之声令人感到厌倦而恐怖。到了第四天，北风出人意料地停了，草原上依旧风和日丽，但已有了一丝秋日的凉意。不断有附近河谷里的印第安人骑马从木屋旁经过，但他们好像没看见似的，对身旁的木屋毫无兴趣。

印第安人身材修长，上身赤裸，略呈红褐色。他们骑的小矮马身上没有鞍具，也不配缰绳，每个人都是直挺挺地骑在光秃秃的马背上，乌黑透亮的眼睛直视前方。一有机会，玛丽和劳拉便会溜到木屋外，背靠墙板，目不转睛地注视着从旁边经过的印第安人。他们的皮肤在阳光下泛着红光，脑袋的四周被剃得精光，只在头顶留着一撮儿用五颜六色的带子扎起来的头发，上边插着的羽毛被风吹得不停地颤动。他们的脸像极了爸爸给妈妈用红木雕刻的帽架。

"我原本以为门前的这条小路是印第安人以前留下的，

没有人再走了,"爸爸解释道,"谁想到他们还在走。早知道这样,我就不把木屋建在这里了。"

老杰克天生不喜欢印第安人,妈妈很同情它:"我发现周围的印第安人越来越多了,每天抬头低头总能看到一两个!"

妈妈正说着话,一转身就发现门口站着个印第安人,他不声不响地站在那里,谁也没发现他是怎么过来的。"我的上帝啊!"妈妈惊叫了一声。

老杰克毫无征兆地便朝门口扑去,幸亏爸爸一把拉住了它的项圈。印第安人纹丝不动,好像根本没看到老杰克似的,只是轻声对爸爸说了句:"号!"

爸爸摁住老杰克的脑袋,也回应了一句:"号!"爸爸一边说着,一边将老杰克拖到屋里的床架旁边,锁上锁链。这时,印第安人已经走了进来,盘腿坐在了火炉旁边。爸爸走上前去,也盘着腿坐在了印第安人身旁,他们什么也不说,但神情举止中充满对彼此的敬意。妈妈没说什么,继续做午餐。劳拉和玛丽一声不响地坐在床角,静静地注视着爸爸和印第安人。印第安人像个立在地里的木墩似的一动不动,甚至连头顶的羽毛也不再颤抖,只有赤裸在外的胸脯和瘦骨嶙峋的腹部随着呼吸在上下颤动。他腿上裹着带流苏的围挡,脚上的莫卡辛靴子面上镶了很多黑色珠子。

妈妈做好午餐，各盛了一盘分别递给爸爸和印第安人，两个人默默地吃了起来。吃过午餐，爸爸拿了一些烟叶递给印第安人。他们将烟叶塞进烟斗，用炉灶里的燃木点着，一言不发地吸着烟。

　　两个人始终什么也不说，但过了一会儿，印第安人叽里咕噜地说了几句，爸爸摇头摆手地回应道："不说话！"于是，两人又陷入沉默。吸完烟，印第安人轻轻站起身来，转身就走，还是一言不发。"我的上帝啊！"妈妈深呼一口气。劳拉和玛丽连忙跳下床，跑到窗边向外看。印第安人径直走向自己的马，一翻身跳了上去。原本插在腰间的猎枪被抽了出来，横放在腿上，枪的两端从马背的两侧伸了出来。

　　后来，爸爸说那位印第安人不是个普通人，根据头顶的发束和羽毛来看，他或许是来自奥色治①部落。"如果我没猜错的话，他说的应该是法语！"爸爸猜测道，"真希望我也能懂那么一两句！"

　　"还是让印第安人自己过自己的日子吧，"妈妈责备道，"我可不想他们来干扰我们的生活，我不希望整天在小屋旁边看到他们！"

　　"不要担心，卡罗琳，你看刚才的印第安人不是挺友善吗？"爸爸安慰道，"而且，河谷那边的营地里还有很多印

---

① 奥色治：印第安原住人中的一个部落族群。

第安人都能跟其他的居民和平相处，只要我们不去招惹他们，看好家里的老杰克，相信是不会有什么麻烦的。"

第二天一大早，爸爸打开房门，准备去马厩牵马。劳拉透过窗户看到老杰克正一动不动地站在草丛中的小路旁，颈毛耸立，龇牙咧嘴地盯着草丛。在它正前方，那个高个子印第安人端坐在马背上，正一动不动地盯着老杰克，只有头顶的那根羽毛在风中摇摆。老杰克的神情好像是在说：如果你敢轻举妄动，我就会毫不犹豫地扑上去。劳拉冲向木屋的大门，但爸爸的动作更加敏捷，他三步并作两步，快速奔向老杰克。印第安人看到爸爸，缓缓地抬起手中的枪指着老杰克。爸爸一个箭步跳到老杰克身前，俯下身子握住它的项圈，将它从印第安人面前拽开。印第安人夹了一下双腿，小黑马迈开步子继续前行。

爸爸呆呆地站在那里，双脚叉开，双手仍死死拽住老杰克，注视着印第安人的背影，直到他的背影慢慢消失在草丛中。

"这真是一次糟糕的经历，"爸爸说道，"那是印第安人的小路，远在我们没来之前，他们就已经踩出了那条路。"后来，爸爸在木屋门口的墙板上钉了一个铁环，老杰克的链子被锁在了铁环上。而且，从那时起，老杰克就一直被锁链锁着。白天，爸爸将老杰克牵进木屋里锁住，到了晚上,老杰克就会被锁在马厩旁边。因为这段时间,草原上来了几个盗马贼,爱德华兹先生家里的马就被人偷走了。

因为每天戴着锁链,老杰克的脾气越来越暴躁,但爸爸始终不敢解开锁链让它外出。在老杰克心目中,它决不会承认草丛中的小路是属于印第安人的。在它看来,小路是属于爸爸的。劳拉也渐渐明白,如果老杰克真的咬伤了印第安人,那家里人可能就会惹上大麻烦。

冬天的脚步越来越近,天空不再像往日那样湛蓝,草原上的草也渐渐变成了土黄色。草原风整日呼啸,好像丢了什么东西似的,在四处哀号着寻找。动物们已经换上了冬装,为了得到它们的皮毛,爸爸在河谷的很多地方布下了陷阱。他每天出去打猎,每天察看陷阱中是否有新的收获。天气日渐寒冷,爸爸每天打猎的主要对象是鹿。鹿是捕来吃肉的,而捕杀狼和狐狸,则主要是为了得到它们的皮毛。陷阱的作用主要是为了捕捉那些身材矮小但皮毛珍贵的动物,比如河狸、麝鼠和水貂等。爸爸将扒下的兽皮小心翼翼地钉在屋外的墙板上晒干,到了晚上,再用手不停地搓弄,让它们变得柔软。他将制好的兽皮整齐地摞在木屋的墙角,慢慢成了一捆,眼看着一天比一天厚起来。

灰狼和红狐狸的皮毛摸起来很蓬松,劳拉也喜欢河狸柔软的皮毛,但她最喜欢的还是水貂皮,因为它们触手细腻光滑。爸爸将这些皮毛储存起来，留着春天时拿到独立城的集市上去卖。如今，劳拉和玛丽每人都有一顶兔皮帽，而爸爸的那顶更好，是用麝鼠皮做的。

这一天，爸爸出去打猎还没回家，木屋前又来了两个印第安人。因为老杰克被锁起来了，所以他们堂而皇之地走了进来。这两个印第安人浑身臭烘烘的，而且态度蛮横无理。他们在木屋里肆意妄为，就好像这里是他们的家似的。他们打开妈妈的橱柜，拿走了所有的玉米饼，还顺手拎走了爸爸的烟草袋。他们看到了爸爸钉在墙上的枪袋和地上的兽皮，于是其中一个家伙就抱起了所有的兽皮。

妈妈一只手紧紧搂着小卡莉，另一只手护着玛丽和劳拉，安静地站着，注视着印第安人。眼看着他拿起了爸爸积攒的兽皮，她们却不知道该怎么办，敢怒而不敢言。

那个印第安人将兽皮拖到门口，另外一个印第安人叽里咕噜地说了句什么。两个人仰着头狂号了几声，扔下兽皮跑了。

妈妈叹息了一声，无力地瘫坐在床边，将玛丽和劳拉搂在怀中。劳拉听到妈妈胸腔里猛烈的心跳声。

"还算好，"妈妈微笑了一下说道，"种子和犁具都没丢！"

"什么犁具？"劳拉疑惑地问道。

"耕地用的犁具和播种用的种子，都要靠卖掉那些兽皮去购买呢!"妈妈解释道。

　　傍晚,爸爸打猎回来,姐妹俩绘声绘色地向爸爸描述了当天的经历。爸爸一脸怒气,但还是安慰大家说,没事就好,丢了些东西无所谓。吃过晚餐后,爸爸闷声闷气地坐在炉火前拉小提琴,妈妈则坐在摇椅上抱着小卡莉,哄她睡觉,并和着提琴的节奏轻声唱道:

可爱的印第安姑娘啊,拉夫托妮娅,
她总会给人们带来希望。
静静的河水向何方流淌,
流向蓝色的朱利尼亚塔!

我有锋利勇猛的箭,
却静静地躺在我的箭囊;
我有乘风破浪的船,
却只在梦中无助地游荡。

强壮勇猛的武士,
深爱着拉夫托妮娅;
迎风飘舞的羽毛,
却留在朱利尼亚塔。

曾经的温情仍在无声地倾诉,
沙场的呐喊却在山谷中回荡。

可爱的印第安姑娘啊,拉夫托妮娅,
她总会给人们带来希望。
她的歌声轻轻掠过湖面,
是否会飘向蓝色的朱利尼亚塔?
柔美的歌声中没留下青春岁月,
只留下奔腾不息的朱利尼亚塔。

妈妈轻柔的歌声和琴声越来越低,这时,劳拉突然问道:"妈妈,拉夫托妮娅的歌声到底飘向了何处?"

"天啊!"妈妈吃了一惊,"你怎么还没睡着?"

"我很快就会睡着的,妈妈!"劳拉说道,"拉夫托妮娅的歌声到底飘向了何处?"

"或许是飘向了西方,"妈妈回答道,"那才是印第安人应该去的地方。"

"他们为什么要那样做?"劳拉继续问道,"他们为什么要去西边?"

"他们必须要去!"

"为什么必须要去?"

"政府要求他们往西走,劳拉!"爸爸插嘴道,"好了,你该睡觉了!"

爸爸继续拉他的小提琴,劳拉抬起脑袋问道:"爸爸,求求你啦,你再回答我最后一个问题,好吗?"

"要说'请您'——"妈妈纠正道。

"爸爸,求求你啦,请您再回答我最后一个问题好吗?"劳拉坚持道。

"好吧,什么问题?"爸爸说道。虽然打断爸爸拉琴是很不礼貌的行为,但爸爸始终对劳拉很有耐心。

"是政府要求印第安人必须住到西边去吗?"劳拉问道。

"是的,当白人需要到这里定居时,印第安人就只能往西边搬。不仅如此,政府还想让他们往更西的方向走,所以我们才搬到草原上定居的。以后,这片大草原会全部属于白人的聚集区,我们先来,那我们就可以挑最好的地方了。明白吗,劳拉?"爸爸不厌其烦地解释道。

"明白,爸爸,"劳拉继续问道,"但是,爸爸,这里原本是印第安人的领地啊,政府让他们往西走,他们会不会生气……"

"好了,到此为止,不能再问问题了,快睡觉吧!"爸爸坚决地回答道。

十九　圣诞节礼物

　　白天越来越短，草原上寒风凛冽。冬天不下雪，却淅淅沥沥地下起冬雨来，冰雨滴答在木屋房顶，又顺着屋檐滴落下来。这种天气很少见。

　　玛丽和劳拉坐在家里的火炉旁，缝补漏了洞的沙包。实在觉得无聊时，她们就玩一会儿桌上的剪纸。窗外的雨还在下，几乎每天夜里姐妹俩都会被冻醒。她们一直盼着下雪，可每天早上起床后，发现小木屋外仍旧是冬雨连绵，一片湿漉漉的景象。

　　姐妹俩鼻尖贴着爸爸新做的玻璃窗，对玛丽来说，虽然看不到皑皑白雪，但能隔着玻璃看着窗外的雨景也是一种享受。可对劳拉来说，下雪仍是她最大的期盼。圣诞节前不下雪，那圣诞老人的驯鹿车要怎么出门啊？玛丽却认为小木屋在印第安人聚集区的草原深处，即使有了雪地，圣诞老人也不可能找到她们。姐妹俩为此还特意征询了妈妈的意见，可妈妈也答不上来。

"那么今天几号了？到圣诞节还有几天呢？"姐妹俩几乎每天都会问一次，然后掰着手指头认认真真地计算一遍，这个问题一直持续到圣诞节前夕。

这天早上，乌云密布，天空中依然飘着冬雨，一片雪花也没有。眼看姐妹俩对圣诞节的美好期望就要落空了。更没想到的是，过了中午之后，乌云开始悄悄散去，天空变得湛蓝，明媚的阳光照耀在雨后的草地上，点点水滴发出了耀眼的光芒。妈妈打开木屋的大门，让清冽新鲜的空气吹了进来。这时，劳拉清楚地听到远处河谷中的湍湍流水声。一想到河谷，姐妹俩的所有希望都破灭了，她们知道自己过不上圣诞节了，因为圣诞老人的雪橇车是无论如何也过不了水流湍急的河谷的。

这时，爸爸回来了，手里拎着一只又肥又大的火鸡。爸爸说他敢跟任何人打赌，这只火鸡至少有二十磅重，否则他愿意将火鸡连毛带骨头的全吃光。

"我们拿它当圣诞节的晚餐如何？"爸爸问劳拉，"你觉得自己能吃得下一只火鸡腿吗？"

劳拉说她肯定能吃得下，但满脸不高兴的样子。玛丽连忙问爸爸，河谷里的水是不是会结冰，但爸爸说河水正猛着呢，根本不会结冰。对妈妈来说这也是个糟糕的消息，因为她很盼望邀请爱德华兹先生到家里吃饭。一想到他过不了河谷，只能一个人孤孤单单地度过圣诞节，妈妈心里就感到一阵难过。爸爸并不赞成邀请爱德华兹到家里一起过圣诞节，因为河谷里的水势很猛，这个时候冒险过河会有生命危险。

"我们要有心理准备，爱德华兹先生很可能过不了河谷，我们只能自己过圣诞节！"爸爸解释道。对玛丽和劳拉来说，既然爱德华兹叔叔过不了河，那也就意味着明天不会有圣诞老人了。

姐妹俩尽量不让自己失望的情绪破坏家里的节日气氛，她们装作若无其事的样子，站在妈妈身旁看她给火鸡配调料。妈妈说，能够住在这样温暖舒适的小木屋里，守在火炉旁，吃上肥美的火鸡肉，这已经是非常幸福的了。虽然圣诞老人今年来不了小木屋，但他一定不会忘记为姐妹俩送上最美好的祝福——明年他一定会如期而至的！妈妈说了很多安慰的话，但姐妹俩的情绪始终很低落。

晚餐后，到了睡觉的时间，姐妹俩洗了脸，戴着睡帽，系上红色的法兰绒睡衣纽扣，没精打采地跟着妈妈一起做了睡前祷告。之后便各自躺在床上，盖上被子琢磨心事，很难想象这就是家里过平安夜的场景。

爸爸和妈妈坐在火炉旁，一言不发。过了一会儿，妈妈突然开口问道："查尔斯，你怎么不拉会儿小提琴呢？"

"我没有心情啊,卡罗琳!"爸爸回应道。

又过了好一阵子,妈妈突然站起身来:"我要去把你们的袜子挂起来,姑娘们!"妈妈说道,"或许会有意想不到的事发生呢!"

劳拉激动起来,但随即又想到了水流湍急的河谷,于是立刻意识到发生奇迹的希望太渺茫了。妈妈拿起劳拉的一只浆洗过的袜子,又从玛丽身边拿了她的一只袜子,走到火炉旁分别压在灶台两边。玛丽和劳拉透过被子的缝隙,注视着妈妈的一举一动。

"好了,快睡吧,宝贝们!"妈妈说着,亲吻了姐妹俩的额头,"如果睡着了,那么就可以很快过上圣诞节了!"

妈妈重新坐回到爸爸身边,劳拉开始感到困倦,迷迷糊糊地就要睡着了。这时,她听到爸爸的一声叹息:"卡罗琳,你这样做反而不太好,明天早上她们的心情会更糟的!""没关系,查尔斯,家里还有些白糖,我们包一些给孩子们当礼物吧!"紧接着,劳拉进入了梦乡,她并不知道爸爸、妈妈的谈话是不是她梦境中的一部分。

不知过了多久,劳拉听到老杰克的咆哮声,紧接着是一阵急促的敲门声。有人在门外大声地叫喊:"英格斯!英格斯!"爸爸正在火炉旁添加木头,他连忙打开木屋的大门,劳拉透过门缝看到外边一片灰蒙蒙的,天已经亮了。劳拉迫不及待地朝壁炉架上的袜子望去,袜子毫无生气地随风摆动,劳拉失望地揉了揉眼睛。

"好家伙!爱德华兹先生,快进来,你是怎么做到的?"爸爸关切地问道。

"我脱了衣服,用脑袋顶着,就这样光着身子从河里蹚过来的。"爱德华兹哆嗦着,说话时牙齿在不停地打战。

"这样做太冒险了,爱德华兹,"爸爸埋怨道,"我们真高兴你能来家里一起过圣诞节,但这样做真是太危险了啊!"

"两个小宝贝一直盼望过圣诞节呢,"爱德华兹先生说道,"我特意从独立城带了礼物回来,河谷里的水再猛也挡不住我的。"

听到这里,劳拉兴奋地从床上跳起来:"你看到圣诞老人了?"她大声叫喊道。

"我当然看到他了!"爱德华兹兴高采烈地回答道。

"在哪里?什么时候见到的,他长什么样?他跟你说什么啦?他真的让你将礼物带给我们吗?"玛丽和劳拉喜出望外,大声喊了起来。

"等一等,等一等,别着急啊!"爱德华兹笑着安慰姐妹俩。妈妈说虽然圣诞老人没办法过河,但他送来的礼物还是要放在袜子里的。她要求姐妹俩闭上眼睛,不许偷看。她们乖乖地不看妈妈,所以没看清她在做什么。

爱德华兹先生坐在劳拉小床边的地板上，回答劳拉和玛丽的各种疑问。"昨天我发现河水上涨时，就立刻意识到圣诞老人肯定过不了河！"

"但是你比他健壮，你能过河！"劳拉插嘴道。

"是的，当然了，圣诞老人年纪大了，而且他太胖，只有像我这样又高又瘦的年轻人才能游过水势迅猛的河谷。"爱德华兹先生骄傲地说道，"那时我就想，如果圣诞老人过不了河，他到了北部的独立城就不会继续向南走了。因为既然过不了河，他再多走四十英里的路，到了河边也得返回，那岂不是很浪费时间？所以，最后我决定亲自到独立城去见见他！"

爱德华兹继续讲述他去独立城的经过，劳拉不时地插嘴问他各种问题。

"你是冒着大雨去的吗？"

"我身上穿着雨衣呢！我刚走进独立城，碰巧在大街上就看到了圣诞老人！"爱德华兹先生继续说道。

"是白天吗？"劳拉又问道。她从没想到，有人竟会在白天看到圣诞老人。

"不，不，是晚上，"爱德华兹先生连忙解释道，"街道旁边的商店里点着彩灯呢，所以街面上也被照得很亮。圣诞老人看到我后，立刻告诉我说：'你好，爱德华兹！'"

"圣诞老人认识你?"玛丽疑惑地问道,"你怎么知道那是圣诞老人?"劳拉也迫不及待了。

"圣诞老人认识每一个人!当然我也能一眼认出圣诞老人,因为密西西比河西部的圣诞老人都会留着一大把白胡须,他的胡须可真是又白又密啊!他当时对我说:'爱德华兹,我上次见到你时,你还在田纳西州的玉米地上睡觉呢!'"说到这里,爱德华兹先生心里不由得想起小时候最后一次收到的圣诞礼物——红棉线手套。

"圣诞老人继续对我说,'我知道如今你住在弗迪格里斯河下游。你有没有在那里见过两个小姑娘,她们的名字是……玛丽和劳拉?'"爱德华兹绘声绘色地学圣诞老人的腔调。

"'当然了,我跟她们还是好朋友呢!'我一听到圣诞老人问起你们,立刻就告诉了他。"

"这时他又对我说:'唉,我真是放心不下啊,这两个可爱的小姑娘一直盼着我去给她们送礼物呢,如果圣诞节那天,我让她们失望了,那该多糟糕啊!可是这两天接连下雨,河水涨势凶猛,我恐怕是过不了河了,我没办法到河对岸的草原里去拜访她们的小木屋啊!爱德华兹,你说这可怎么办?'说到这里,圣诞老人犹豫了一会儿,立刻又问我:'爱德华兹,能否请你帮我个忙,今年的圣诞礼物你帮我带给她们,好吗?''当然可以了,很乐意为您效劳!'我立刻答应了圣诞老人。然后,圣诞老人让我陪着他一起到装满礼物的骡车上取礼物!"

"圣诞老人不是驾着驯鹿,拉着雪橇车吗?"劳拉一脸疑惑。

"不可能的,今年没下雪,他不能驾着驯鹿拉着雪橇车的!"玛丽辩驳道。

"没错,而且在西南部,圣诞老人平时喜欢赶着骡车。"爱德华兹补充道,"然后,圣诞老人解开了装着礼物的大袋子,顺手就将送给玛丽和劳拉的礼物递给了我!"

"是什么礼物?"劳拉高兴地大喊道。

"然后圣诞老人做什么了?"玛丽却很平静地问道。

"然后,他跟我握了握手,将他雪白的胡须掖在绒衣里,翻身骑上自己的骡车,一边吹着口哨,一边说道:'再见了,我的朋友爱德华兹!'然后就朝着道奇堡方向走了。"

爱德华兹先生讲完了所有的经过,姐妹俩若有所思,怔怔地注视着他。

"好了,你们可以过来看看自己的礼物了!"这时,妈妈连忙在旁边打着圆场。

劳拉发现自己的袜子里装着个亮闪闪的东西,连忙从床上跳下来跑向壁炉架,玛丽紧随其后。劳拉的礼物是一个崭新的锡杯，玛丽的也是一模一样。她们终于有了各自的喝水杯，从此以后再也不需要共用一个了。劳拉高兴得又蹦又跳，而玛丽只是静静地捧着杯子，眼睛里好像噙着泪花。

姐妹俩又将手伸进袜子，从里边掏出两个长长的棒棒糖。棒棒糖是薄荷味的，圆圆的糖块上有一条条彩色的纹路。姐妹俩握着手里的棒棒糖，劳拉忍不住轻轻舔了一下，而玛丽却始终只是看着，舍不得吃。

这时她们发现袜子里还有东西，是两个小小的纸包。劳拉轻轻地打开外边的包装纸，发现里边包着一块心形的糕点。巧克力色的糕点上撒着一层白砂糖，亮晶晶的，像极了她们渴望已久的雪花。小糕点精致得让姐妹俩不忍心咬。为了不让人看出来，劳拉将糕点翻过来，从下边咬下一点点，糕点里边露出了白色的粉末。粉末带着甜甜的味道，很像妈妈做的蜜糖。

袜子已经被放到了一边，对玛丽和劳拉来说，崭新的杯子、可爱的棒棒糖和美味的糕点，这些礼物已经太多了，足够她们快乐很长一段时间了。这时，妈妈却在旁边提醒道："难道你们不想再看看还有什么礼物吗？"姐妹俩不相信还会有新的惊喜，连忙伸手去摸，在袜子的最下边，她们分别找到了一枚崭新的硬币。

她们从没奢望过自己会有一枚一便士的硬币,而且完全属于自己。水杯、棒棒糖、糕点和硬币,这样的圣诞节好像只能在梦中出现。

　　当然,现在姐妹俩最需要做的就是走到爱德华兹面前,感谢他将这些珍贵而可爱的礼物从独立城带回来。但是,现在她们完全忘记了爱德华兹先生,甚至不记得圣诞老人是谁了,或许过一会儿才能想起来。

　　这时,妈妈在旁边轻声提醒道:"你们是不是忘记了应有的礼貌,不需要对爱德华兹叔叔说什么吗?"

　　"谢谢您,谢谢您,爱德华兹叔叔!"姐妹俩这时才醒悟过来,连忙齐声称谢,语气中带着发自肺腑的真诚。

　　爸爸紧紧握着爱德华兹先生的双手,爸爸、妈妈和爱德华兹的神情中带着一丝异样,很像准备放声大哭的孩子。劳拉不明白这是为什么,只好低头继续欣赏自己手中的圣诞礼物。

　　这时,妈妈惊讶地轻声喊道:"哎呀!"劳拉连忙抬头看,原来爱德华兹先生又从衣袋里掏出一堆红薯,大大小小的,总共有九个。爱德华兹先生说,能够顺利过河,这些红薯功不可没,因为将它们顶在脑袋上,可以让他在湍急的河水中保持包裹的平衡。他觉得爸爸、妈妈做圣诞烤鸡时可能需要用上红薯,所以他把它们从独立城一路背了回来。爸爸不由得眼圈微红,轻轻拍打着爱德华兹先生的肩膀,说道:"你为我们做的太多了,我真是……不知道该怎么感谢你!"

一上午,玛丽和劳拉一直爱不释手地捧着手里的礼物,早饭也不愿吃。只用手里的新杯子喝了两杯牛奶。"要是不愿吃,就别逼她们吧!"妈妈说道,"反正马上要吃正餐了,中午我们的主菜是味美多汁的烤火鸡。"

除了火鸡外,妈妈还准备了烤红薯。红薯是用木灰包着烤的,之前已经清洗得干干净净,烤熟后可以连皮一起吃,又甜又脆。还有用白面粉做成的略带咸味的面包圈、黑莓干和小蛋糕,不过小蛋糕上涂抹的是黑蔗糖,妈妈说家里没有白砂糖了。

圣诞节的正餐开始了,爸爸、妈妈和爱德华兹叔叔围坐在餐桌旁,兴致勃勃地聊着过去在田纳西州和大森林里的生活。玛丽和劳拉目不转睛地欣赏着摆在桌子上的小糕点,摆弄着硬币,喝着新杯子里的水,不时地舔一下手里的棒棒糖。

这才是她们心目中最美好的圣诞节!

二十　午夜的尖叫

最近几天，天空总是灰蒙蒙的，而且白天有阳光的时间很短，夜晚变得漫长而寒冷。乌云密布的天气越来越密集，经常下雨，冷风时不时地还会吹来漫天雪花。被冰冻得坚硬的草秆上方密密地盖着一层雪白，然而到第二天清晨，所有的冰雪又都消失得无影无踪了。

这些日子，爸爸每天都要外出打猎或布设陷阱。广袤的草原上寒风凛冽，玛丽和劳拉只能待在烧着火炉的家里帮妈妈干些家务，或者做些针线活儿。干活儿累了，姐妹俩就陪着小卡莉玩拍手、藏顶针的游戏，或是教小卡莉学手指翻绳。当然最让三个孩子喜欢的，还是"豆粥"这个游戏，游戏规则是这样的：孩子们面对面坐着，先自己拍掌，然后用手拍击对方的手掌，左右手各一次，并逐渐加快速度。当然一边拍掌还要一边唱"豆粥热，豆粥凉，豆粥放在热锅上——九天"，而另一个人也要跟着唱"我爱热，我爱凉，我要坐在热锅旁——九天"。孩子们之所以喜欢这个游戏，与妈妈做的鲜美可口的豆粥密不可分。每当天气寒冷时，爸爸打了一天猎，疲惫不堪地回到家中时，妈妈总会端出一大碗略带咸味的豆粥，那粥既清香可口，又可以抵御严寒。不论是凉还是热，劳拉都很喜欢豆粥的味道，而且放得越久，豆子越入味。当然，孩子们不会等到九天那么久，因为粥早就被喝光了。

草原风让一家人无法忍受，过了圣诞节后，寒风一天比一天猛烈，有时像野狼的哀号，有时像怪物的呻吟，有时像撕心裂肺的哭泣，有时像凄厉的尖叫……总之，即便是待在暖融融的小木屋里，寒风的呼啸声也会让姐妹俩浑身颤抖。一天深夜，木屋外刺耳的尖叫声惊醒了全家人。爸爸翻身跳下床，走到窗口前向外查看。妈妈紧张地问道："查尔斯，怎么回事？"

"好像是女人的尖叫声！"爸爸说着，迅速穿好衣服，"好像是从斯科特家那边传来的。"

"难道出什么事了吗？"妈妈神情焦急地问道。

爸爸从床下摸出靴子，把脚伸进去，然后双手拽着靴子两旁的皮耳朵，猛地一拉，就套了上去。"有可能是斯科特病了！"爸爸说着，又穿上另一只靴子。

"你猜会不会是……"妈妈慌乱的神情中带着犹豫。

"不可能，"爸爸神色严峻地说道，"我跟你说过很多次了，他们一直在草原深处的帐篷里聚集，绝不会到处惹是生非。"

劳拉在小床上坐直了身子，准备翻身下床。"回去，躺着别动！"妈妈呵斥道。劳拉随即又躺回被窝儿里。

爸爸穿上棉袄，戴上皮毛，围上妈妈织的厚围巾，点了支蜡烛放在马灯罩里，拎着枪就出门了。爸爸转身出门之际，劳拉透过门缝看到木屋外的情景。外边一片漆黑，天空中一丝光亮也没有，劳拉很久没有在夜晚外出了，她记忆中的夜晚应该是满天星光的。

"妈妈。"劳拉轻声喊道。

"怎么了，劳拉？"

"为什么外边那么黑？"

"乌云遮挡住了月亮和星星，可能会有暴风雪吧！"妈妈说着，走下床将门闩插好，又在火炉里添了些柴，这才转身躺在了床上，并说道："快睡吧，宝贝们，别担心！"妈妈躺在床上并没入睡，玛丽和劳拉也醒着。一家人侧耳倾听，却只能听到呼呼的风声。

玛丽拉过被子捂住脑袋，低声对劳拉说道："真希望爸爸快点儿回来！"

劳拉躺在枕头上，静静地点头赞同，但一句话也没说。她眼前浮现出爸爸迎着寒风骑马向斯科特先生家一路奔去的身影，马鞍旁边挂着的马灯随风飘荡，爸爸好像迷失了方向，看不清深草中的小路。

过了一会儿，劳拉小声问道："你觉得天是不是快亮了？"玛丽也在轻轻地点头回应。她们一直睁大眼睛，静静地等着，可始终听不到爸爸回家的马蹄声。突然间，那种刺耳的尖叫声再次响起，远比呼啸的风声更大，而且好像就在周围，距离小木屋很近的地方。

劳拉尖叫着跳下床，玛丽藏在被子下边，紧紧地抓住床单。妈妈翻身下床，神色慌张地穿上衣服。妈妈又向炉子里丢了几根木柴，然后让劳拉上床躺着别动。劳拉吓得不敢出声，拼命摇头表示不敢躺在床上。妈妈只得拿了张毯子披在她身上。妈妈和劳拉一动不动地站在火炉旁，外边的尖叫声消失了，只剩下永不停息的风声。但除了静静地站在火炉旁，妈妈和劳拉不知道该做些什么。对于劳拉来说，站在这里要比恐惧地躺着更舒服。

正在这时，木屋的大门传来"砰砰"的敲击声，之后便是爸爸的叫喊："卡罗琳，开门，是我，查尔斯！"

妈妈拉开门闩，爸爸闪身跳了进来，随即关上门。爸爸气喘吁吁地摘掉帽子，说道："哦，吓死我了！"

"怎么回事，发生什么事了，查尔斯？"妈妈连忙问道。

"外边有一头猎豹！"爸爸长吸了一口气，说道。

刚才，爸爸快马加鞭地跑到斯科特家，发现屋内一片漆黑，周围静悄悄的，什么也没有。爸爸提着灯笼，在他家的木屋周围走了一圈儿，却没发现任何异常。爸爸苦笑着，想象着刚才匆匆忙忙穿衣、蹬靴的样子，还急匆匆地骑着马跑了两英里路，结果只是可恶的风声误导了自己。爸爸可不想让斯科特夫妇知道这件事，免得被人笑话。于是，爸爸又骑着马急匆匆地往回跑，因为外边真是太冷了。正当他骑着马在印第安人踩出的小路上飞奔时，尖叫声再次响起，而且就在他身旁的草丛中。

"听到那叫声，我的头发都立起来了，险些将皮帽子顶掉！"爸爸夸张地对劳拉说道，"我不停地抽打派蒂，像个逃命的小老鼠！"

"那只猎豹在哪儿，爸爸？"劳拉睁大眼睛问道。

"就在山谷旁树丛中的某个树枝上趴着呢！"爸爸回答道。

"那只猎豹有没有跳下来追你呢？"

"我不知道，宝贝，我根本没敢回头看！"爸爸说道。

"好了，快别说了，查尔斯，你现在总算安全了。"妈妈连忙打断劳拉的问话。

"是啊，我也真是被吓坏了，现在没事了。这么黑的天，在草丛中遇到猎豹可不是闹着玩的。"爸爸叹息了一声，坐在床边,"我的脱鞋夹呢,劳拉?"

劳拉从床下掏出脱鞋夹,递给爸爸。脱鞋夹其实就是一块儿橡木板,其中一头有个凹槽,板子的中央有个木楔子做成的夹子。劳拉帮爸爸放好脱鞋夹,爸爸抬起左脚踩在夹板上,让夹板夹住鞋跟,右脚踩在凹槽里,然后猛地抬起左腿,左脚上的皮靴便被脱下来了。脱鞋夹是爸爸亲手做的,不管多紧的靴子都可以轻而易举地脱下来。

劳拉坐在床边看着爸爸脱靴子,担心地问道:"爸爸,猎豹会咬小女孩吗?"

"当然会了!"爸爸说道,"不仅会咬,还会吃掉呢!所以,这几天你和玛丽不能出门,等我杀死那只猎豹之后才能出去玩,知道吗?等会儿天一亮,我就会带着猎枪追捕它!"

那天之后,爸爸每天都出门找那只猎豹,但一天天过去了,虽然他在很多地方看到了猎豹的足迹,还找到了被猎豹咬死的羚羊的尸骨,但始终未能找到那只猎豹。或许是因为猎豹可以生活在树上,所以找到它的踪迹并不那么容易。爸爸却因此不断地许诺说,无论如何也要找到猎豹,因为有小女孩生活的地方,可不能让凶残的猎豹得到自由。

过了一段时间,有一天爸爸在河谷旁边的树林里遇到了一位印第安人。两人在潮湿的草地上对视了很久,谁也没说话，因为他们谁也听不懂对方的语言。但印第安人指着猎豹的足迹，抬起猎枪向爸爸比画了几下，好像是说他杀死了一头猎豹。然后他又用枪指着不远处的树枝和草地，好像是说他将猎豹从树上射下来了。最后又来来回回地指着东边和西边，那是在告诉爸爸，他是几天前打死猎豹的。看到印第安人的比画后，爸爸终于放心了，因为猎豹的危险总算解除了。

劳拉很好奇，她想知道猎豹是否会咬印第安人的"破普斯"，爸爸的回答是肯定的。或许，正是因此，那个勇敢的印第安人才会打死猎豹吧。

二十一　印第安庆典

漫长的冬季终于要结束了，延续了一个冬天的瑟瑟寒风变得温柔起来，寒气渐渐消散。有一天，爸爸打猎回来说他看到成群的大雁向北方迁徙，这就说明到了带着兽皮去独立城交易的时候了，但妈妈担心地说："印第安人就在附近，还是不要去了吧！"

"这没什么可担心的，他们都很友好啊！"爸爸打猎时经常会在树林里碰到印第安人，对爸爸来说，接触多了就可以增加彼此的了解。所以他不觉得印第安人有多么可怕。"也是！"妈妈说道。虽然妈妈嘴上这样说，但劳拉知道，妈妈心里还是很害怕印第安人的。

"你应该去一趟独立城，我们马上就要用到耕具和种子了，但要快去快回！"妈妈嘱咐道。

第二天清晨，爸爸给派特和派蒂套上鞍具，架好马车，将冬天捕猎扒下的兽皮装在马车上。天刚蒙蒙亮，爸爸就出发了。爸爸离开后，劳拉和玛丽每天都掰着手指头数，一天，两天，三天，一直到第四天，爸爸还没回家。到了第五天早上，姐妹俩伏在窗口，眼巴巴地望着河谷的方向，盼望着爸爸能早些回来。

天气晴朗，虽然风仍有一丝凉意，但木屋外处处弥漫着浓浓的春意，天空中不时传来野鸭和大雁的鸣叫。劳拉抬头望去，一群群黑色的圆点排着整齐的队伍向北方飞去。看着在木屋外追逐嬉戏的姐妹俩，老杰克无奈地叹息着。因为它被锁链锁着，再也不能像她们那样自由自在地在草原上撒欢儿了。玛丽和劳拉走到老杰克身边，轻拍它的脑袋，抚摸它的脖颈，但老杰克只是低眉垂目地趴在那里，毫无兴致。它唯一想要的只有自由。

第五天上午爸爸还没有回来，过了中午，还是看不到他的身影。妈妈安慰姐妹俩说，一定是交易兽皮的事耽搁了太久。下午，姐妹俩在木屋门口玩起了跳格子的游戏。她们用木棒在潮湿的泥土上画出方格子，玛丽却没了兴趣，觉得自己已经八岁了，再玩跳格子游戏会显得她很不淑女。劳拉在旁边又哄又骗地乞求她一起玩，玛丽觉得如果在这里玩跳格子，爸爸的身影一出现在河谷上，她就能立刻看到。所以，玛丽决定跟劳拉一起玩跳方格子游戏。

玛丽正玩单腿跳，猛然间，她停了下来，疑惑地问道："是什么声音？"劳拉也听到了。姐妹俩屏住呼吸，静静地听了一会儿，劳拉猜测道："会不会是印第安人？"玛丽的另一只脚放了下来，怔怔地站在原地，心里充满了恐惧。劳拉好像并没有觉得害怕，反而觉得这声音听起来很滑稽。那是印第安人聚在一起断断续续喊号子的叫喊声，像是斧子砍树，又像是狗儿吠叫，更像是一首歌谣，但绝不是劳拉平常喜欢听的那种歌谣。饱含热情、野性的叫喊声中，并没有愤怒的情绪，劳拉聚精会神地听着，希望能听得更清楚些，但老杰克惊恐的吼叫声掩盖了一切。

妈妈也走出木屋，站在门口听了一会儿。她告诉玛丽和劳拉赶快回屋，然后走到马厩前，解开了老杰克的锁链，牵着它回家，并顺手插上了门闩。姐妹俩在木屋里，再也没有玩闹的心思，她们一边透过窗户向外观望，一边静静地听着屋外的动静。小木屋里能听到的声音很小，但时不时地仍能听出外边的叫喊声并没有停止。

妈妈吩咐玛丽和劳拉赶紧帮她做好平常要到傍晚才做的家务活儿。她们将小马驹、母牛和牛犊一起关进了马厩，在这之前，妈妈还腾出工夫挤了牛奶。玛丽和劳拉忙着捡些柴回家，妈妈又到井边拎了一桶水。河谷那边的呐喊声始终在继续，声音好像大了许多。劳拉的心也随着印第安人节奏越来越快的呐喊声而猛烈跳动着。

大家忙完了屋外的农活儿回到屋里后，妈妈转身又插上了门闩。到明天早上之前,她不打算再让家人迈出木屋的门槛。日头慢慢西移,但速度好像比平常慢了很多。傍晚时,一望无际的草原在夕阳的照射下变得一片粉红。妈妈生起火炉准备做饭,而姐妹俩始终一动不动地守在窗口,凝视着窗外。不一会儿,窗外的天空开始变得模糊不清,粉色和绿色慢慢消失在无尽的黑暗中……

不知过了多久,门外传来了马车车轮的轱辘声,这让姐妹俩欣喜若狂,劳拉又蹦又跳地跑到门前,却怎么也打不开门闩。劳拉知道,即使拉开门闩,没有妈妈的允许,她也不能跑出去。妈妈独自一人走出木屋去接爸爸。

爸爸抱着满怀的物品走进木屋,妈妈跟在身后,也提着一堆东西。玛丽和劳拉亲热地凑上前去,一个拉住爸爸的胳膊,一个干脆踩着他的脚爬上他的背。爸爸气喘吁吁地笑道:"嘿,嘿,宝贝们,别闹了。你们当我是什么,我又不是树,别爬了!"爸爸说着,将怀里的东西扔在餐桌上,一转身就抱起了劳拉,向空中抛了几下,劳拉一边尖叫,一边哈哈大笑起来。爸爸放下劳拉,又将玛丽紧紧搂在怀里。

"你听,你听,爸爸,"劳拉说道,"印第安人为什么发出这些奇怪的叫喊声?"

"哦,他们是在举办春天的庆典活动呢,我从河谷对岸很远的地方就听到了。"爸爸解释道。说着,爸爸走出木屋去给马儿卸下车套和鞍具,顺便将剩余的物品拿回了家。爸爸将买来的犁具留在了马厩里,但将种子全部拿回了木屋,他担心会被印第安人顺手牵羊偷走。桌上的袋子里装满了玉米面、咖啡豆、食盐和种子……爸爸还买了红糖,但没买劳拉喜欢的白砂糖,因为白砂糖太贵了。爸爸还为妈妈买回了一小包白面粉和土豆种子。小土豆看起来很可爱,劳拉嚷着要在晚饭时吃掉,但爸爸说这些小土豆是用来做来年播种时的种子用的。

"虽然不能吃土豆,但我们还有更好吃的东西呢!"爸爸说着,笑容满面地拿出两个纸包,其中一个里边装满了松脆的饼干,而另一个纸包里是个玻璃瓶,里边装着翠绿的腌黄瓜。劳拉忍不住咽了一下口水,妈妈的眼神中也流露出惊喜,妈妈已经记不清自己有多久没品尝过腌菜了。更让妈妈吃惊的是,爸爸还特意买了一卷花布,给妈妈做衣服用。

"哦,查尔斯,你真不该乱花钱,我不需要新衣服的!"妈妈温柔地责怪道,可神情中的幸福与快乐却一目了然。

爸爸将帽子和大衣挂在衣架上,转动着眼睛,偷偷看了一眼身旁的玛丽和劳拉,然后若无其事地坐在火炉旁的长凳上烤脚。玛丽跟着也坐在他身边,双手交叠在膝头。

劳拉可忍不住了,她爬上爸爸的脊背,捏起小拳头不停地捶击爸爸的肩膀,嚷道:"我们的呢?我们的礼物呢?"爸爸恍然大悟般地哈哈大笑起来,说道:"哈哈,我才想起来,我的大衣口袋里好像还有些什么东西呢!"

爸爸说着站起身来,走到衣架旁,从大衣口袋里掏出一个奇形怪状的包裹,然后一层层打开:"玛丽,爸爸要先送给你一个礼物,因为你很有耐心,真是乖啊!"说着,爸爸从包裹里拿出一个崭新的发夹,递给玛丽。然后又说:"那,这个给你,猴急的小家伙!"爸爸又拿出另一个一模一样的发夹,送给劳拉。发夹是用黑橡胶做成的,弯月的形状正好能将小姑娘的脑袋完整地包起来。发夹的顶部镶着一块小木板,木板上刻着波浪花纹和一颗五角星。发夹下边连着一层鲜艳的色带,色带的颜色从镂空的五角星里露出来,看着很精致。两个发夹唯一不同的就是色带的颜色,玛丽的是蓝色的,而劳拉的发夹里是红色的。妈妈将姐妹俩的头发拢齐,帮她们戴上发夹。玛丽金色的头发中闪耀着一颗蓝色的星星,而劳拉褐色的头发中是一颗红色的星星。劳拉看着玛丽的脑袋,玛丽也盯着劳拉的发夹,姐妹俩美得合不拢嘴,她们第一次体会到美丽的装饰品对女孩子来说是最好的礼物。

"你什么也没给自己买?"妈妈问道。

"我给自己买了个大家伙——耕犁！"爸爸哈哈大笑地回答道，"眼看天气一天天转暖，我得开始准备开垦一片荒地了。"

几天以来，就数今天的晚餐大家吃得最开心了，因为盼了这么多天，爸爸终于安全地回家了。一家人吃了一冬天的野鸡、野鸭和鹿肉，第一次尝到爸爸买回的腌培根，真是别有一番滋味，更何况，还有香脆的饼干和腌黄瓜作为点心呢！

吃过晚饭，爸爸将买来的种子一一介绍给姐妹俩听，种子的种类可真不少，有芜菁、萝卜、洋葱和卷心菜种子，还有玉米、小麦、烟草和西瓜种子……"卡罗琳，听我说，等到我们能从这片肥沃的草地上收割庄稼和作物时，那我们的生活可要美透了！"爸爸兴冲冲地跟母亲憧憬着美好的未来。小木屋的门窗紧闭，屋外印第安人的呐喊、叫嚷声已被他们抛之脑后，只有烟囱里偶尔传来风的呜呜声。但早已习惯了寒风呼啸的一家人，早已不认为这是恼人的噪音了。

屋里静了下来，玛丽和劳拉聚精会神地听着爸爸跟妈妈说起从独立城听到的消息："政府已经颁布命令，让定居在印第安聚集区的白人全部搬走呢！据说，是因为印第安人向政府提出了抗议，所以华盛顿才同意州政府的这个做法的。"

"什么，天啊，那我们之前做过的一切不都白白浪费了吗？"妈妈吃惊地问道。

"都是道听途说的消息，我根本不相信，"爸爸继续说道，"政府不会将定居者撵走的，前段时间，人们不还说政府会让印第安人继续西迁，这片土地会开放给所有人吗？所以不用担心！"

"真希望他们能有个准主意，别老是变来变去。"妈妈不满地说道。

晚上，劳拉和玛丽躺在床上，谁也睡不着。爸爸和妈妈还坐在火炉旁，爸爸借着烛光，轻声给妈妈念着从堪萨斯带回的报纸。根据报上的消息说，爸爸的想法是正确的，政府是不会将草原上的白人居民给驱逐出去的。

夜已经深了，屋外的风好像停了，劳拉隐约间还能听到河谷那边传来的印第安人的狂欢呐喊声。习惯了鼓点和呐喊后，即使风声再起，即便是在睡梦中，劳拉似乎还是能够清晰地听到那富有节奏的吆喝："哈哈嘿……嘿嘿哈……"

二十二　草原燃大火

春天来了，屋外阳光明媚，万物复苏，温暖的春风中带着一丝香甜的气息，蔚蓝的天空中飘浮着朵朵白云，云朵的影子在灰白色的枯草上缓缓移动着。

爸爸赶着两匹小马在草原上开垦草皮，草皮之所以坚硬，是因为下边连着草根。派特和派蒂铆足了劲，使劲往前拉犁耙，却也只是在草皮上耕出浅浅的一道沟。用犁耙翻过一次的土地还不能耕种，因为草根又密又深，翻出的土块下边还有往年的枯草，所以耕种前，这里的土壤要多翻几次才行。

一整天，爸爸和派特、派蒂两匹小马都在努力地工作。爸爸说，今年的土壤适合种土豆和玉米，等到来年土豆和玉米成熟以后，土壤中的草根和枯草就会腐烂分解，养分被土壤吸收。到那个时候，这里的土壤才适合种植其他作物。爸爸认为这里的土壤不仅肥沃，而且土壤中连一块碎石、树根也没有，非常方便耕种。

随着春天的到来，小屋附近的草丛中突然来了很多印第安人，劳拉几乎每天都能看到他们从门前经过。打猎的枪声不断。谁也不知道整个冬天他们藏身于何处，好像他们是突然从草丛中冒出来了似的。从门前经过的印第安人有时会到木屋里来，他们有的和善，有的面露凶相，而来木屋的唯一目的，就是索要食物和烟草。妈妈从不拒绝，无一例外地给予他们想要的东西。只要印第安人指着屋里的某件东西呜里哇啦地说一通，妈妈就会把那件东西送给他，因为她确实很怕印第安人。慢慢的，妈妈想了些办法，将家里的食物和值钱的东西都藏了起来，还在衣柜上加了把锁。只要有印第安人经过，老杰克便会狂躁地咆哮一阵子，即使劳拉陪在它身边也不行。或许是因为自己始终被锁链锁着，老杰克恨透了印第安人。玛丽和劳拉已经习惯了周围的印第安人，即使他们突然从草丛中冒出来，姐妹俩也不觉得惊讶。印第安人日渐增多，玛丽和劳拉开始注意自己的安全，只有爸爸或者老杰克陪在身边时，她们才会觉得心安。

这一天，姐妹俩正帮妈妈做午饭，小卡莉坐在屋子中央的地板上晒太阳。突然，屋里的阳光不见了。"是不是要下大雨啊？"妈妈疑惑地朝窗户外探了探头，劳拉也随着妈妈的目光向窗外望去。木屋南侧的草原上升起一团黑色的烟雾，遮住了太阳。

派特和派蒂身后拖着沉重的犁耙一路狂奔，爸爸跑在马儿的身后，好像是在逃离什么危险。

"着火啦！"爸爸一边奔跑，一边大声叫喊，"快把木桶打满水，快把麻袋扔进水里泡一泡！"

妈妈快步奔向井边，劳拉也拎着木桶在后边跟着。爸爸赶到木屋前，将派特和派蒂拴在门口，又匆忙跑向母牛、牛犊和邦尼，将它们从草丛里牵回来，将邦尼拴在木屋北侧的栏杆上，又将两头牛关进马厩里。妈妈尽可能快地拎了几桶水放在木屋里，劳拉跑去浸湿麻袋。这时，爸爸已经关好了奶牛，从马厩中跑了出来。

爸爸重新架起犁具，用皮鞭抽打派特和派蒂，想要在木屋周围挖出一道深沟。南边的大火越烧越猛，太阳被完全遮住了，天色暗了下来，好像到了黄昏。爸爸赶着马儿在木屋的西侧和南侧犁出了两道深沟，然后又抽打鞭子，赶着马儿往木屋东边跑，在东边又挖出一条又深又长的大沟。不一会儿，南侧草丛中跑出许多只野兔子，它们从爸爸身边跳跃着逃走，好像根本没意识到爸爸的存在似的。

爸爸急着赶着马儿到屋子北侧去，却忘记将犁具解下来，马儿身后的犁耙被拖得在地上乱滚。爸爸在屋子的北侧拴好马匹，赶忙跑回小屋。屋子里散乱地摆着几桶水，妈妈正在和劳拉忙着将麻袋往水桶里塞,地上溅得到处都是水。

"没时间了,我只能犁出一道沟,"爸爸气喘吁吁地说道,"还要快些,卡罗琳,火势蔓延的速度比马跑得还快!"

爸爸和妈妈嘱咐劳拉和玛丽待在木屋旁,别四处乱跑,然后各拎着一只水桶朝屋外的长沟跑去。劳拉紧挨着木屋站着,眼睁睁地看着不远处滚滚浓烟下四处跳跃的大火。这时,更多的野兔从草丛中跑了出来,它们仓皇地逃向木屋北侧。野兔们无视老杰克的存在,当然,老杰克也无心追逐兔子,它的注意力完全集中在眼前的滚滚浓烟上,紧张地靠在劳拉身旁。成千上万只鸟儿从草丛中飞出,惊慌失措地扑打着翅膀,朝河谷浅滩的树林中飞去。

爸爸沿着刚才挖出的深沟一边奔跑,一边点燃深沟外侧的草丛,妈妈拎着水桶跟在后边,用手里的湿麻袋奋力扑打蹿到深沟内侧的火苗。草原上到处都是蹦蹦跳跳的兔子,蜿蜒爬行的小蛇,还有挺着脖子、扑扇着翅膀四处乱跑的野鸡。爸爸点燃的小火从木屋周围向外蔓延,他拿起水桶中的另一条湿麻袋,帮妈妈扑打向深沟蔓延的小火苗,但火势很难控制,草原风吹得火苗四处乱窜,深沟中的干草也被点燃了,爸爸和妈妈顾不了那么多,除了四处拍打手中的麻袋外,双脚也跟着不停地踩踏深沟里的干草。草原上的大火烧得越来越猛烈，大火借着风势，开始向四周蔓延，腾起的浓烟中也夹杂着枯草，在空中不时地翻滚出一阵火光。劳拉和玛丽守在木屋门口，小卡莉正在家里哇哇大哭，劳拉紧张得不知该如何是好，她真想冲到深沟那边去帮爸爸、妈妈的忙，但弱小的身体却怕得直发抖，双眼被四周飘来的烟雾熏得直流眼泪，喉咙痛得几乎无法呼吸。老杰克颤抖着身子，狂暴地仰天咆哮，屋子北侧的派特、派蒂和邦尼也跟着一起嘶鸣，并不停地抬起前蹄猛蹬木屋的墙板。恐怖的火焰仿佛连天空都点燃了，火势向木屋东西两侧猛蹿，木屋好像被一个大大的火圈围在其中。

爸爸在深沟外侧点燃的小火逆着风向外蔓延，将木屋周围的草地烧出一片黑色的隔离带。没过一会儿，小火便被吞噬了。大风仍在半空中怒吼，草地上被燃着的干草随风飘舞着飞向更远处的草丛，木屋眼看就要被大火吞没了……但是，滚滚浓烟和咆哮的火焰随着大风从木屋旁边飘过，木屋四周突然安静了下来。劳拉睁开双眼，看到爸爸和妈妈正在长沟旁踩着大火留下的余烬……

过了很久，妈妈回来了，浑身颤抖着，在木桶里清洗被熏黑的面颊和双手。她轻声安慰劳拉和玛丽："好了，没事了，爸爸点燃的小火救了我们！"

屋外的空气中弥漫着焦煳的味道，眼前变成一望无际的黑色焦土，一直延伸到天边。远处光秃秃的草地上还有几缕黑烟冉冉升起，野草的灰烬在空中飞舞着。周围的一切看起来是那么陌生，但爸爸妈妈却欣慰地说："幸好，全家人都安然无事！"

事后，爸爸仍是心有余悸，不止一次地说道："所幸没烧了咱们的小木屋啊，只差那么一点点！"然后他又问妈妈，"如果着火时我碰巧在独立城，那你可怎么办啊？"

"那我就带着孩子们，像兔子和野鸡那样往坡下的河谷里跑！"妈妈回答道。草原上的野生动物都知道该怎么办，有的跳，有的爬，有的飞，有的跑，但不管怎样，它们都知道往河谷里跑，知道水能够救它们的命。只有浑身长着条纹的小土拨鼠拼了命地往地里钻，当然，它们也是最先发现草原变成了现在这种光秃秃的样子的动物。你看，它们正茫然无措地蹲在洞口发呆。

紧接着，鸟儿们从河谷旁的树林里飞回来查看鸟巢，兔子们小心翼翼、一蹦一跳地四处张望。后边的野鸡一步一晃地往回走，小蛇也蜿蜒着身子慢慢向前蹿。不过，或许要等一阵子，它们才能发现自己熟悉的草原已经消失得无影无踪了。草原上的大火烧到断崖处便熄灭了，河谷那边的印第安人帐篷倒是丝毫没有受到什么影响。

傍晚时，爱德华兹先生和斯科特先生来看望爸爸。他们担心得要命，始终认为是河谷里的印第安人点燃了大火，以此来驱赶定居在草原附近的白人。但爸爸却不这么认为。在爸爸看来，或许是印第安人点燃了草原，但目的不是驱赶白人，而是要将草原上往年的枯草烧尽，让青草尽快发芽，因为又长又密的长草丛不便于他们骑马打猎。何况，爸爸正忙着开垦荒地，如今光秃秃的土地岂不是更便于耕种吗？

爸爸和两位客人正谈得起兴，木屋外印第安人的呐喊声和打鼓声再次响起来了。劳拉蜷缩着，像只老鼠似的坐在木屋门口，一边听爸爸和叔叔们聊天，一边听印第安人的鼓声和呐喊声。漆黑荒芜的土地上空，亮闪闪的星星在不停地眨眼，清风带着一丝暖意，吹拂着劳拉的面颊。爱德华兹叔叔说附近的印第安人太多了，他越来越不喜欢这片草原；斯科特先生则认为这群野蛮人整天聚在一起，一定是在图谋不轨。

"只有死了的印第安人才是善良的！"斯科特先生说道。爸爸对他的看法不置可否，但爸爸认为，只要不去惹他们，他们还算是不错的邻居。但换个角度来看，印第安人被驱赶着不断向西边迁移，他们是有着足够的理由来痛恨白人定居者的。但是，印第安人有自知之明，他们明白自己不是白人的对手，况且，附近的吉布森堡和道奇堡都有白人的驻军，想必印第安人也不会乱来。

"至于他们在这个季节聚集到河谷的帐篷里，也是有原因的，我来告诉你吧！"爸爸解释道，"他们是在准备春季的野牛大捕杀！这附近至少有六个印第安部落，平常不相往来，还经常会爆发部落间的争斗，但到了这个季节，他们会和平相处，以为春季的野牛大捕杀做准备。"

"部落间会宣誓保持和平，然后共同筹划捕杀野牛的办法！"爸爸继续说道，"所以，你们不必担心印第安人会有闲暇来为难我们。他们会像这样聚在一起大吃大喝几天，等庆典结束后，便一起循着野牛群的足迹北上。说句老实话，我真想跟他们一起去狩猎，那场面一定壮观极了！"

"好吧，或许你说的有道理，英格斯先生！"斯科特先生慢条斯理地说道，"但不管怎么样，我都要将你说的话一五一十地说给我夫人听，明尼苏达州的那次大屠杀令她心有余悸，她整天紧张得睡不着觉呢！"

二十三　印第安狂号

第二天一早，爸爸又吹着口哨去耕田了。中午回家时，他的脸被草原上燃烧的灰烬搞得满是尘土，但他还是乐呵呵的，因为没有了野草，开垦荒地变得容易多了。但是，附近的印第安人还是在不停地发出各种声音，河谷里聚集了更多的印第安人，他们白天唱歌跳舞、生火烧烤，晚上则像野人一般擂鼓呐喊，吵得一家人不得安宁。

傍晚爸爸很早就从田里回来。他匆匆忙忙做完院子里的农活儿时，屋外的天色已经暗了下来，印第安人营地的擂鼓和呐喊又开始了，爸爸可不想让家畜在这空旷的田野上受惊奔逃，于是连忙将派特、派蒂、邦尼、母牛和牛犊关进马厩里。回木屋前，爸爸顺手将老杰克也牵回了家，转身关上房门，插上门闩，天黑以后决不许家人迈出房门一步。夜色降临，天空连同空旷的田野都是漆黑一片，印第安人的吼声让夜晚显得更加阴森恐怖。

劳拉已经习惯了屋外的嘈杂吵闹，睡梦中还听到老杰克抓挠地板和吼叫的声音，蒙眬中，爸爸好像起来了好几次，坐在床边静静地聆听屋外的动静。

一天傍晚，爸爸从床下掏出很久未曾使用的铅弹模子，坐在灶台旁用炉火熔化铅块儿，制成猎枪用的铅砂。爸爸专注地做了很久，直到用光了所有的铅块儿。玛丽和劳拉躺在床上还未入睡，怔怔地看着他，爸爸以前从未一次做过这么多铅砂弹。玛丽纳闷地问道："爸爸，你这是要干什么？"

"哦，没事，反正坐着也没事干！"爸爸说着，故作轻松地吹起口哨。但是，爸爸一直忙着耕地，已经累了一整天，连拉小提琴的兴趣都没有。若是往常，他早就躺在床上睡着了，决不会坐在火炉前熔化铅块儿的。

最近几天，再也没有印第安人来小木屋附近，玛丽和劳拉在屋外玩耍时，一个印第安人也看不到了，而且玛丽也不太愿意出去。剩下劳拉独自一人在屋外时，她总会有种奇怪的感觉，好像光秃秃的草原周围隐藏着一些怪物在偷窥她。走路时，也总觉得身后有个蹑手蹑脚的家伙在偷偷跟着她。有时，劳拉围着木屋转圈儿，会特意地猛然转身察看身后，但背后始终什么也没有。有时候，劳拉会远远看到爱德华兹叔叔和斯科特叔叔背着猎枪在田野里跟爸爸谈话，谈了一会儿，爸爸也背起猎枪跟他们一起出门。

劳拉喜欢爱德华兹叔叔，看到他经过木屋旁也不到家里坐一会儿，劳拉心里难免失望。

这天中午，爸爸跟妈妈谈起白人定居者正在讨论的"围栏"问题，劳拉并不知道那是什么东西。爸爸认为爱德华兹先生和斯科特先生的这个想法很愚蠢，还说道："如果我们真的需要用围栏将自己围起来，那么不等我们建好围栏，连木屋都会被他们毁了！我们最不需要做的就是表现出我们的恐惧！"

玛丽和劳拉面面相觑，并不明白爸爸在说什么，但看到爸爸严肃的神情，姐妹俩谁也没敢开口询问。否则，爸爸和妈妈又会训斥说小孩子不应该在饭桌前乱插嘴了。下午，趁爸爸不在家，劳拉偷偷问妈妈什么是围栏，妈妈看了她一眼，说道："这都是大人的事，小孩子听了也不会明白的！"玛丽瞥了劳拉一眼，埋怨道："我都说了，你还不肯听！"

劳拉始终搞不明白，为什么爸爸说不应该让别人看到我们的恐惧。爸爸一向是无所畏惧的，劳拉虽然心里害怕印第安人，但还是想表现得跟爸爸一样勇敢。老杰克最近也总是暴躁不安，不再像从前那样愿意跟劳拉嬉戏玩耍。即使劳拉主动上前抚摸它的脑袋，它也始终耸立着耳朵，紧绷着嘴唇，龇着满嘴的尖牙，露出一副凶恶的样子。每天夜里，随着印第安人的擂鼓和呐喊声越来越激烈，老杰克的咆哮声也越来越吓人。这天半夜里，劳拉大汗淋漓地惊醒，失声尖叫，她好像在噩梦中听到了一声轰鸣。妈妈连忙跑到床前安慰她："嘘，别担心，别害怕，宝贝，你看你把卡莉都吓醒了！"

劳拉紧紧地搂住妈妈，却发现妈妈穿着衣服，并没有上床睡觉。壁炉的木炭已经燃尽，屋里一片黑暗。窗户上的帘子打开着，爸爸一动不动地靠在窗前，察看屋外的情况。他身旁放着猎枪，而屋外的印第安人仍在疯狂地呐喊。紧接着，又是一阵轰鸣，震得劳拉险些从床上跌落下来。劳拉四处摸索，却发现没有什么可以支撑住自己的身体，她的脑子里一片混乱，过了很长一段时间才缓过神来。

于是她又大声尖叫起来："爸爸，那是什么声音？爸爸，外边怎么啦？"劳拉浑身哆嗦，腹部剧烈地疼痛，险些呕吐起来。外边的擂鼓声和呐喊声仍在继续，妈妈紧紧搂住她的脑袋。

"那是印第安人开战前的齐声狂号！"爸爸解释道，妈妈叹息着，似乎想阻止爸爸继续说下去。

"她们迟早都会知道的，还是早些告诉她们更好些！"爸爸叹息着说道。

爸爸继续向玛丽和劳拉解释说："这是印第安人准备开

战的仪式，他们围着篝火跳舞，齐声狂号，就是在准备战斗。但是你们不用怕，有爸爸和老杰克在这里保护你们，而且吉布森堡和道奇堡还驻扎着白人的军队呢！"

"孩子们别怕，没什么好担心的！"爸爸重复着说道。

"我们不怕，爸爸！"劳拉心里怕得要命，但嘴巴仍在逞强。

玛丽正趴在被窝里浑身颤抖，一句话也说不出来。这时，小卡莉被惊醒了，哇哇大哭起来，妈妈连忙走上前去抱起小卡莉，放在摇篮中摇晃。劳拉蜷着身子爬到妈妈身边，将脑袋埋在妈妈的腿上。玛丽不敢自己孤孤单单地躺在床上，连忙跟着爬了过来，与劳拉搂在一起。爸爸仍一动不动地伏在窗口，察看外边的情形。

战鼓声隆隆作响，每一次捶击都好像敲在劳拉心中，她的整个身体也随着鼓声颤动着。印第安人的呐喊声越来越尖厉，比草原狼的叫声更刺耳。劳拉知道，她们还会经历更糟糕的事，印第安人的狂号仅仅是个开始，噩梦中的情形也不过如此而已。不同的是，噩梦只是个梦境，当情况越变越糟时，人们至少可以被惊醒。但如今劳拉的所见所闻都是真实存在的，她无法让自己从现实中醒来。又是一阵狂号声响起，劳拉紧紧握住妈妈的衣襟，她感觉到了妈妈的颤抖，她知道自己还置身于黑暗的小木屋里，还没有被印第安人捉走。老杰克的吼叫渐渐变成了呜咽，小卡莉随之放声大哭起来。

这时，爸爸从窗口转过头来，一边擦拭脑门的汗水，一边说道："呵，我可从没听过这种狂号声，你们猜他们是怎么学会发出这种声音的？"但屋里一片安静，谁也没回答爸爸的问话。

"他们打仗根本不需要枪啦，只要这样狂号几声就足以把敌人吓得瘫倒在地！"爸爸嘲笑道，"我嘴巴太干，想吹吹口哨缓缓神都不行。劳拉，去给爸爸拿点儿水来润润喉咙。"

爸爸的几句俏皮话让劳拉紧绷的神经轻松了许多。她拿起灶台上的一杯水，递给站在窗口的爸爸，爸爸回过头来冲她一笑，爸爸的笑容让劳拉觉得安心而踏实。爸爸端着杯子喝了口水，又笑了一下，说道："嗯，好多了，我现在可以吹口哨了！"爸爸说着，果真吹起了口哨。

这时，爸爸和劳拉同时听到不远处传来一阵"啪嗒、啪嗒"的马蹄声，木屋另一侧的擂鼓和呐喊声依旧持续不断。马蹄声越来越近，声音越来越响，马儿突然从木屋旁飞驰而过，朝着河谷方向渐行渐远。

借着月光，劳拉透过窗户看到一匹黑马的背影，上边好像骑着一个印第安人，他光着脑袋，上身围着一块花布毯子，腰间的皮围挡随着马儿的奔跑而迎风飘舞。马儿跑过之后，草原上突然陷入了一片寂静中。

"我真被搞糊涂了，刚才跑过去的不就是想跟我讲法语的奥色治部落的印第安人吗？"爸爸疑惑地自言自语道，"这么晚，他骑着马去印第安人营地干吗？"

没有人回答爸爸的疑问，因为没有人知道那究竟是为什么。这时，远处的战鼓声、呐喊声又开始响起，紧接着又是一阵阵的狂号。鼓声、呐喊声及狂号声就这样响一阵，停一阵，过了很久才慢慢变弱，直到完全安静。小卡莉哭累了，便自己睡着了。妈妈安慰了姐妹俩，也让她们上床休息。

第二天清晨，爸爸起床后便到木屋附近察看，玛丽和劳拉不敢走出木屋，只能隔着窗户盯着窗外的爸爸。印第安营地听不到任何响声，整个大草原一片寂静，只有风在不停地吹着被火烧得光秃秃的黑色地面，但因为没有草，往日的沙沙声也听不到了。到了夜晚，可怕的噩梦般的擂鼓和呐喊声再次响起。于是，小木屋里又回到了昨夜的情形中：劳拉和玛丽搂着妈妈蜷缩在床角；小卡莉哭哭睡睡，闹个不停；爸爸扛着猎枪守在窗口，注视着四周；老杰克则仍旧是又抓又挠，听到印第安人的狂号便跟着咆哮……

之后连续几个夜晚，每天都是这样，而且情况越来越糟。玛丽和劳拉坚持了几夜后便困乏得睁不开眼了，即便外边的响声震天，她们也能安然入睡，但时不时响起的狂号声还是会将她们从梦中惊醒。有时候，白天的寂静也会令人感到胆战心惊，爸爸整日守在木屋门口四处观望，仔细地听，田里的犁耙已经被扔在那里好几天了。家里的小马、母牛始终被关在马厩里，劳拉和玛丽的生活变得枯燥无味，她们整天待在木屋的床上，不敢出门，觉得无聊透顶。几天下来，爸爸也变得紧张兮兮的，周围一丁点儿的动静也会让他抄起猎枪冲出去四处察看。他每顿饭吃得很少，整日整夜得不到休息，疲惫得眼窝深陷，形容枯槁。

一天傍晚，大家正在吃晚餐，爸爸坐在饭桌前，忍不住趴在桌边睡着了。妈妈示意劳拉和玛丽保持安静，不要弄出任何声响，让爸爸多睡一会儿，因为他太累了……可是没过两分钟，爸爸便惊叫着跳起来，大喊道："别再让我睡着了，你们得叫醒我！""有老杰克在门口守着呢！"妈妈心疼地安慰道。那天夜里的呐喊声和擂鼓声比往日更猛烈了，印第安人的狂号沿着河谷一直蔓延下去，此起彼伏，狂号出现的频率更加频繁。狂号声在山谷里形成回响，好似有成千上万个部落在彼此回应一般。狂号声开始让劳拉觉得头痛，仿佛有个小恶魔在她脑袋里翻滚打闹似的。

爸爸站在窗口，面带喜悦地说道："卡罗琳，他们这是在争吵，说不定会在部落间爆发冲突呢！"

"是吗？但愿他们能自己打起来！"妈妈回应道。

那天夜里，狂号声始终没有停止过，直到黎明时，最后一声狂号声结束，劳拉和玛丽才趴在妈妈的膝头沉沉睡去。

劳拉醒来时已快到中午，玛丽躺在她身边。木屋的门开着，一缕阳光从门中穿过，直射在门前的地板上。妈妈正在准备午餐，爸爸则坐在木屋的门槛上吸烟。

"看来草原南部要有个大聚会了，他们正朝着南方进发呢！"爸爸在门口说道。

劳拉穿着睡衣，光着脚丫，走到木屋门前向外望去。光秃秃的草原上一望无际，没有任何障碍物，远处一条很长的印第安人队伍正在向南行进，最前边骑着马带路的印第安人已经变得模糊不清，小得像只蚂蚁。

爸爸一大早就坐在门口四处观察，据他说，上午总共有两个部落向西部进发，现在这支队伍正在向南走。这就意味着印第安人部落之间发生了争执，于是他们逐一从河谷的营地撤离。看来集中捕猎水牛的大场面是不会有了。

那天晚上，夜晚恢复了平静，木屋外只能听到徐徐吹过的风声。"我们终于能睡个好觉了！"爸爸临睡前叹息道。爸爸说得没错，这天晚上一家人睡得又香又甜，几乎没有做梦。早晨起床时,劳拉发现地板上的老杰克还是保持着昨晚的姿势,一动不动地酣睡。

第二天还是如此,白天宁静的草原到了晚上依旧祥和,一家人又睡得很安稳。第三天早上起床后,爸爸的精神明显好多了,他伸着懒腰说:"今天,我要到河谷那边走走,看看印第安人的营地是不是已经全部撤走了!"

爸爸将老杰克锁在木屋里,然后扛起猎枪出门朝河谷浅滩的方向走去。

妈妈、玛丽和劳拉心里惦记着爸爸,做什么事都没心思,只能等着、盼着爸爸能早点儿回来。等待的时间真是难熬,太阳也好像在故意跟她们作对。劳拉抬头望着天空,正午的太阳始终高高挂在天上,不肯向西移动。

快到傍晚时,爸爸回家了。爸爸沿着河谷走了很远的距离,那里到处都是印第安人丢弃的帐篷和生活用品,几乎所有的印第安人都离开了,只剩下一个叫奥色治的部落。爸爸在树林里遇到了一个奥色治部落的印第安人,他会说英语,爸爸就从他那里了解了当时的情况。据说,印第安各族的部落聚集在一起,就是想联合起来与白人抗争,并计划驱逐或杀掉所有印第安领地的白人居民。其中,只有奥色治部落不同意这种做法。正当他们举行仪式准备行动时,一个奥色治的部族领袖骑马赶到了。

原来，那天夜里他们在小木屋里听到的一路狂奔而来的马蹄声，就是那位领袖骑着马发出来的，他是要赶着阻止印第安部落屠杀白人的。那个印第安老人很有名望，印第安各部落称呼他为"素答杜森"。在印第安语中，这个名字的意思是"伟大的战士杜森"。

"素答杜森"不停地与奥色治部落首领争论，夜以继日地谈判，最终他说服了奥色治部落，并向其他部落宣称，如果他们屠杀白人定居者，那就是与奥色治部落为敌，奥色治部落将因此而向各部落宣战。

这就是为什么在最后几个晚上，喧闹声此起彼伏的原因，他们是因为意见不合而在进行激烈的争吵。于是，其他各部落向奥色治部落狂号，而奥色治部落也不甘示弱，狂号着回应他们。其他部落首领不敢与"素答杜森"及他所领导的奥色治部落为敌，所以最终决定撤出印第安营地。

"他是一个善良的印第安人！"爸爸赞叹道。不管斯科特叔叔怎么想，总之，爸爸决不同意他所说的"只有死了的印第安人才是善良的"这个观点。

二十四　全员大迁徙

　　一家人又过了一个安静祥和的夜晚，一觉睡到天亮真让人感到惬意和享受。草原上恢复了往日的融洽与宁静，只听到猫头鹰在河谷深处的树枝上"呜——咕，呜——咕"地鸣叫。一轮圆月滑过天际，高挂在广袤的草原上空。

　　早晨，和煦的阳光洒满木屋。河谷水塘边传来青蛙"呱呱"的叫声，仿佛在提醒人们："水深过膝，水深过膝，请绕行！"妈妈经常会通过有趣的方式解释动物们的语言，玛丽和劳拉也渐渐学会了联想出自己的理解。木屋的门开着，飘进阵阵清新的田野气息。

　　吃过早饭，爸爸愉快的口哨声又响了起来，他准备去马厩里，给派特和派蒂套上犁耙，继续开垦荒田。爸爸迈步走出木屋，随即口哨声消失了，爸爸呆呆地站在门口注视着草原东侧："卡罗琳，你快来看，玛丽、劳拉，你们也来看看！"劳拉第一个冲了出来，她被眼前的场景惊呆了：印第安人过来了！

他们并没有走通往河谷的小路，而是直奔西侧的断崖而去。走在最前边的印第安高个子老者就是那天夜里骑马飞奔经过小木屋的人，虽然劳拉知道他是个善良的印第安人，他阻止了印第安部落屠杀白人定居者，但老杰克嘶哑的吼叫声还是让劳拉感到害怕。幸亏，今天有爸爸在身边！

他的小黑马趾高气扬地踩着小碎步，一路小跑着，身上的鬃毛和尾巴随风飘舞，似乎象征着身后印第安人的旗帜。黑马的脖子上没有缰绳，嘴巴上也没戴马嚼子，身上也没有任何鞍具，只是自由自在、随心所欲地驮着印第安人向前奔跑，没有人强迫它，但它好像很喜欢服侍背上的印第安老人似的。老杰克全身的毛发耸立，吼叫着想要挣脱脖子上的锁链，因为它想起这个印第安人曾经用枪指着它的脑袋。

"安静，老杰克，待着别动！"爸爸吆喝了一声。老杰克仍在咆哮，丝毫不在意爸爸的命令。爸爸抬起手中的鞭子抽了它一下，这或许是有生以来爸爸第一次打它。"趴下，别动！"爸爸怒吼道，老杰克乖乖地趴在地上，委屈地蜷缩起脑袋。

印第安人的黑马越走越近，劳拉的心跳也越来越快。劳拉注视着印第安人脚上装饰着珠子的莫卡辛靴子，看到了他腰腿间的皮围挡和围挡上随风飘荡的流苏。他上身斜挎着一件带有彩色暗格子的布毯，一只肩膀赤裸在外，棕红色的皮肤泛着油光，手中拎着一把长枪，枪管横在黑马肩头。眼光再往上，劳拉看到了印第安老者沉着而冷酷的棕红色面孔。

老者的面孔中带着自豪与平静，仿佛不论发生什么事，这种神情始终不会改变一样。面孔中，那双炯炯有神、凝视着河谷西侧的眼睛让人看到他内心的坚毅与忍耐。老者骑在马上，身体纹丝不动，只有脑袋顶端发髻上的老鹰羽毛在随风招展。

"那就是'素答杜森'！"爸爸说着，毕恭毕敬地举手向他致意。但是欢快的小黑马拖着纹丝不动的印第安人毫无表情地从木屋旁经过，仿佛爸爸、妈妈、玛丽、劳拉，还有这座小木屋根本不存在似的。爸爸、妈妈、玛丽和劳拉的目光跟随着小黑马的步伐，一直转过木屋东侧。随后，其他披着毯子、光着脑袋、束着发髻、插着羽毛的印第安人依次从木屋前经过。再往后，跟随着成群结队的野人战士们。每个人几乎都是相同的打扮、穿着相同的镶着珠子的莫卡辛靴子，拎着长长的猎枪，脑袋顶上插着羽毛……

劳拉看着从面前经过的长长的队伍，她只对小马感兴趣，里边有黑色的、枣红色的、灰色的，还有棕色或身带条纹的小马，总之，在这里她能看到几乎所有种类的小马。

小马们啪哒着蹄子从小木屋旁经过，看到门前的老杰克时，都不由得缩缩鼻孔，闪躲身子，加快脚步向前走。劳拉喜欢它们高昂的脖子，喜欢它们晶亮的眼睛，不停地拍着巴掌欢呼道："小马们真可爱，太漂亮了，快看爸爸，那儿还有一匹身带条纹的！"

劳拉原以为自己看多久都不会厌烦，其实没过多久，劳拉的注意力便被后边马背上的妇女和孩子所吸引。印第安战士们走过以后，后边的马背上多是些女人和孩子。那些装束相同，但年龄与劳拉相仿的孩子也是独自骑着小马。孩子们骑的马身上同样没有缰绳和马具，就好像印第安人天生不需要穿衣服一样。孩子们光着上身，肌肤赤裸在阳光的暴晒下，长而直的黑发在风中飘扬，眼神中透露出几分欢快。他们早已学会了大人们保持上身纹丝不动的骑马技巧。劳拉注视着马背上的孩子们，孩子们也紧紧盯着她看。劳拉不由得想象着自己也变成一个印第安小姑娘的模样，跟在她们身后……其实，她只是也想体会一下光着身子，骑着小马在阳光下自由自在奔跑的感觉。

这些孩子的妈妈们也骑着马。女人们的腰间也围着带有流苏的围挡，但上身的毯子却围得严严实实。女人们的头顶上没有羽毛，只有被盘起的黑直油亮的头发，棕红色的脸膛上带着平静而满足的笑容。有的女人背后背着小包裹，包裹的顶端露出一个圆圆的娃娃脑袋；还有些小婴儿是被放在妈妈马背侧面的小篮子里。后边的马匹几乎没有尽头，几乎每匹马上都骑着带孩子的女人，其中一位女士的马背上驮着两个篮子，每个篮子里都躺着一个小婴儿。

"爸爸，"劳拉喊道，"我想要那个篮子里的印第安婴儿！"

"闭嘴，劳拉！"爸爸声色俱厉地吼道。马儿驮着婴儿走过去了，摇篮里的孩子转动着脑袋，注视着劳拉。

"天哪，我喜欢她，我要她！"劳拉继续小声恳求道。马儿越走越远，婴儿始终盯着劳拉看。"你看她，爸爸，她也想留下来呢，爸爸，求求你啦！"

"嘘——劳拉！"妈妈说道，"人家的妈妈可不想把孩子送给别人！"

"天哪，爸爸，她走远了！"劳拉忍不住哭了起来，虽然她知道当着这么多人的面大哭是很丢人的，但她就是忍不住。马儿驮着摇篮里的孩子渐渐走出了视线，劳拉知道自己再也不可能见到她了。妈妈在一旁轻声呵斥道："你看你，这也太奇怪了，难道不觉得丢人吗？你究竟是因为什么会想到要一个印第安人家的婴儿呢？"劳拉回答不出，只是一个劲儿地哭。

"因为她的眼睛又黑又亮！"劳拉抽噎道，她也不知道这是否是个合适的理由。

"真是搞不懂你，"妈妈回答道，"你不需要别人家的孩子，咱们家也有啊！"

"我还想要一个！"劳拉哽咽着，叫喊的声音更大了。

"真拿你没办法！"妈妈叹息道。

"你看看印第安人，劳拉，"爸爸插嘴道，"你看看西边，再往东看看，告诉我你看到了什么。"

劳拉抽噎着，眼睛里满含泪水，刚开始只觉得视线模糊，什么也看不清。但她很听爸爸的话，尽力让自己平静下来。她向西边看了看，又向东边看了看，满眼的印第安人，长长的队伍几乎看不到尽头。

"印第安人太多了，不是吗？"爸爸问道。从门前经过的印第安人似乎没有穷尽，一队接着一队。小卡莉已经厌倦了眼前熟悉的景象，独自坐在门前的草地上玩耍。劳拉无助地坐在门前的台阶上，爸爸、妈妈和玛丽站在她身边，看着路过的印第安人发呆。

这时已经是正午，该吃午饭了，但谁也没觉得饿。后边的马儿还在源源不断地涌上来，有的驮着帐篷，有的驮着兽皮，还有的驮着锅碗瓢盆。运送物品的马儿后边还有几个骑马的妇女和儿童，之后就没有什么了。但是，爸爸、妈妈、玛丽和劳拉还是站在木屋门口，一直看着长长的印第安人队伍在西边断崖那边消失。印第安人消失后，整个世界仿佛都安静了下来，小木屋孤零零地伫立在田野间，显得寂寞而无助。

妈妈觉得身心俱疲，什么也不想干。爸爸安慰她说，她需要好好休息一两天才能缓过来。

"你得吃点儿东西了，查尔斯！"妈妈说道。

"不，我一点儿也不饿，"爸爸回答道，然后默默地给派特、派蒂套上马具、犁耙，赶着它们去田里耕地了。劳拉也没有胃口，只是安静地坐在门前的台阶上，注视着遮挡住印第安人的西侧断崖，眼前仿佛再次出现一根根随风摇曳的羽毛，一双双黑色的闪亮的眼睛……

二十五　居民遭驱逐

印第安人迁走以后，草原上陷入了前所未有的宁静，原本铺着灰烬的草原一夜之间变成了绿色。

"小草是什么时候发芽的？"妈妈惊奇地问道，"我还以为整个大地都被烧成了黑色呢！你看啊，放眼望去，满眼都是绿色了！"

天空中不时飞过成群结队的大雁和野鸭，它们要赶着春天迁回北方筑巢，令人讨厌的乌鸦也出现在河谷岸边的树林里。微风吹拂着新发芽的嫩草，带来一阵阵泥土的芬芳。清晨，数不清的百灵鸟在空中飞舞，喧鸻、矶鹬等小鸟也在河谷的树梢上歌唱，夜里还有嘲鸟们滑稽的叫声。

这天晚上，夜空中星光闪闪，爸爸、玛丽和劳拉坐在门前的台阶上，发现几只小野兔正在青草中嬉戏，旁边还守候着几只蹦蹦跳跳的大母兔子。如今，白天每个人都很忙，爸爸整天都要在田里耕地，玛丽、劳拉也要帮妈妈播种蔬菜种子。在爸爸翻过的草地上，妈妈举着锄头敲碎带着杂草的土块,然后每隔一小步挖一个小坑,玛丽和劳拉跟在身后撒下蔬菜种子,最后妈妈再用锄头将种子盖上。妈妈将菜地分割成几块,分别种了洋葱、萝卜、芜菁和豌豆等几种菜。当妈妈告诉她们说,过不了多久,一家人就可以吃上新鲜蔬菜时,姐妹俩甭提有多高兴了,因为她们早已厌倦了每天只吃面包和肉的生活。

一天傍晚,爸爸特意回来得比平常早些,他要帮妈妈将家里的卷心菜和红薯的秧苗移到菜地里。之前,妈妈已经在家里的一个大方盒子里培育了不少卷心菜秧苗。她对这些秧苗呵护备至,除了每天及时浇水外,早晚还要随着阳光移动的方向而不停地更换盒子的位置。妈妈还在另一个盒子里种了红薯,红薯是圣诞节时爱德华兹叔叔送来的礼物,妈妈没舍得吃。卷心菜种子已经发芽,长出了细细的绿色秧苗,红薯也已经生了根,身上每个芽孔都生出了嫩芽。爸爸妈妈小心翼翼地将盒子里的秧苗挖出来,埋进事先挖好的土坑里,然后培好土,再浇上水。移完所有的秧苗后,天已经黑得什么也看不见了。爸爸妈妈虽然辛苦,但心里却是美滋滋的,因为夏天一到,家里人就可以吃上新鲜的卷心菜和红薯了。

自从种好了菜地,劳拉和玛丽几乎每天都要到菜地里去看两眼。没过几天,崎岖不平的菜地里就长满了杂草,毕竟原来的草地还有很多草根，但令人欣喜的是，不管是杂草还是蔬菜，都在茁壮成长，豌豆的卷曲嫩芽和洋葱的嫩白小苗都冒出了头。劳拉和玛丽种下的蚕豆种子也伸出了淡黄色的茎，上边还垂着个沉甸甸的圆脑袋。等到圆脑袋上的外皮脱落后，豆芽就会从里边长出来，用不了多久，小豆子就会从芽叶中冒出来，舒舒服服地晒太阳了。一家人像皇帝般的生活指日可待！

每天早上，爸爸都会兴高采烈地吹着口哨去农田。爸爸在农田里试种了些早季土豆，剩下的土豆要过一段时间再种。今天，爸爸腰带上挂的是玉米种子，爸爸播种的方式很特别，他先用犁耙在地里耕出一条沟，等到折返回来时，顺手在犁沟里撒上种子，而身后的犁耙又将旁边的土壤翻进播种过的犁沟里。玉米种子会与草根盘结的泥土做顽强斗争，过不了多久，这里将会是一片密密麻麻的玉米地。家人很快就会有青玉米吃了，到了冬天，或许还能为派特和派蒂留下一些谷子当饲料呢。

这天早上，玛丽和劳拉帮妈妈干家务活儿。妈妈整理床铺，玛丽和劳拉洗刷碗碟。妈妈一边干活儿，一边轻声哼唱歌谣，玛丽和劳拉则有说有笑地说着菜园子里的蔬菜。劳拉喜欢吃豌豆，而玛丽说青豆煮熟后味道更好。这时，小木屋外传来爸爸愤怒的吵嚷声。

妈妈连忙走到门口去看是怎么回事，劳拉和玛丽一左一右围在妈妈身边向外张望。爸爸正驾着派特、派蒂往回走，身后还拖着犁耙。爱德华兹先生和斯科特先生陪在爸爸身边，斯科特先生正在滔滔不绝地讲着什么。

"决不，斯科特！"爸爸大吼道，"我可不想被军队撵来撵去，好像犯了法的亡命之徒。如果不是因为华盛顿的那群浑蛋透露消息说白人可以到这儿来定居，我怎么会举家迁到印第安人领地来？如今，我不会等着军队来驱赶，我们会自己走的！"

"这是怎么啦，查尔斯？我们要走？去哪儿啊？"妈妈神色慌张地问道。

"上帝才知道！但我们必须要走了，我们得离开这儿！"爸爸回答道，"斯科特和爱德华兹刚才说，政府已经派出军队，要将我们这些定居者驱赶出印第安人的领地。"爸爸涨红了脸，眼睛中充满怒火。劳拉吓坏了，她还从未见过爸爸发怒的样子呢，所以不由得紧紧拽住妈妈的衣襟。

斯科特先生正准备解释，爸爸叫喊道："省省吧，斯科特，说那么多有什么用？如果愿意，你可以继续住下去，等着军队来撵你，但我们要离开了。"

爱德华兹先生说他也准备离开，他不愿像牲畜一样被军队撵走。

"跟我们一起去独立城吧,爱德华兹!"爸爸请求道,但爱德华兹先生说他不想去北方,他更愿意坐着独木舟,沿河顺流而下,到更远的南部定居。

"或者我们可以一起徒步穿越密苏里州,"爸爸再次请求道,"一个人驾着独木舟太危险了,而且沿着弗迪格里斯河再往南就是印第安原始部落的聚集区!"但爱德华兹先生坚持认为自己有的是火药和子弹,不怕遇到印第安人,况且,他已经去过密苏里州,那里并不是他喜欢的地方。

爸爸很无奈,转身告诉斯科特先生让他把自己家里的母牛和小牛犊牵走:"我们要走的路还很远,没法带着家畜。您一直是我们的好邻居,我们也舍不得离开您,但我们必须得走了。我们明天一早就出发!"

爸爸的话让劳拉觉得难以置信,但眼睁睁地看着斯科特先生牵走了母牛,劳拉这才明白爸爸是当真的。母牛温顺地跟着斯科特先生走出了马厩,小牛犊终于摆脱了围栏,高兴得又蹦又跳。母牛被牵走了,家里再也不会有牛奶和黄油了!

爱德华兹先生拉住爸爸的手,说他要忙着收拾木屋里的东西,恐怕没有机会再见面了。"再见了,英格斯,祝你们好运!"接着他又握住妈妈的手说,"再见了,女士,虽然没有机会再见到你们一家人,但我永远不会忘记你们的善良和热情!"

然后,他又走到玛丽和劳拉身边,拉住她们的小手,像对待成年人那样严肃地说了声:"再见!"

"再见!爱德华兹先生!"玛丽很有礼貌地轻声回应道。

劳拉却忘记了基本的礼仪,激动地叫喊起来:"不,爱德华兹先生,我希望你别走,而且,爱德华兹叔叔,谢谢你大老远地跑到独立城去帮我们找圣诞老人!"

爱德华兹先生眼含泪花,转身离开了,什么也没说。

这时还没到中午。爸爸忙着给派特、派蒂卸下犁耙。直到现在,玛丽和劳拉才真正意识到她们要离开草原,离开心爱的小木屋了。妈妈始终一言不发,她默默地走回木屋,环顾木屋里的一切,灶台上的碗碟还没洗完,床上的被褥刚刚叠了一半……妈妈举起双手,无力地坐在床边。玛丽和劳拉不知该说些什么,轻手轻脚地走到灶台边继续洗刷碗碟,不敢弄出一丝声响。这时,爸爸走进木屋,姐妹俩连忙转身看着他。

爸爸扛着一袋子土豆,神情又恢复了平静,语气自然,好像什么事也没发生,"给你,卡罗琳,这些土豆都是存着当种子用的,如今也没法带走了,中午全煮了,我们美美地吃一顿吧!"于是,午餐就是一顿丰盛的土豆宴,土豆的味道鲜美,姐妹俩吃得很高兴。爸爸说:"虽然有大损失,但也有小收获！"劳拉认为爸爸的话说得很有道理。

吃完午饭，爸爸从马厩里取出曾经用过的马车篷架，篷架已经被拆散了。爸爸将一根根胡桃木重新插进车板两侧的铁环中，并固定起来。篷架重新支起来后，妈妈帮爸爸搭上灰色的帆布帐篷。爸爸还像从前那样，在马车的两侧用绳子扎住帆布，然后将绳子的两端甩到马车后方捆紧，只留下一个缝隙，便于出入。

带帐篷的马车再次出现在姐妹俩面前，一切都准备好了，只等着第二天搬运东西上车。

那天晚上，木屋里很安静，大家谁也不肯讲话，甚至连老杰克也感觉出气氛不对，垂头耷脑地趴在劳拉的小床边。外边的天气已经很暖了，晚上用不着生火炉，但爸爸妈妈始终沉默地坐在火炉边，注视着炉灶中留下的炉灰。

妈妈轻声叹息着说道："整整浪费了一年时间，查尔斯！"

过了一会儿，爸爸突然语气轻快地回应道："一年不算什么，我们还有的是时间啊！"

二十六　开始新征程

吃过早饭之后，爸爸妈妈开始收拾行李。他们先将家里的被褥做成两层铺盖，然后摞在一起放在马车上。白天，玛丽和劳拉在铺盖上玩耍嬉戏；到了晚上，爸爸将上层铺盖移到马车前边，变成爸爸妈妈的床铺，而玛丽和劳拉就可以在下层铺盖上睡觉了。

爸爸摘下了木屋墙壁上的小壁柜，妈妈将食物和碗碟装在里边，然后，爸爸将小壁柜塞进马车驾座下，之后在座位前边堆了一袋喂马的谷子。"这堆谷子踩着很舒服，我们可以把脚放在上边，卡罗琳。"

家里所有的衣物都被妈妈包成了两个大包裹，爸爸将包裹挂在车篷里的支架上，包裹旁边还挂着爸爸的猎枪和弹药袋。小提琴盒子被塞进了床铺下的角落里，爸爸始终担心它会被磕碰了。妈妈将灶台上的三脚锅、煎锅和咖啡壶等炊具装进了一个大袋子里，也塞进了马车。至于摇椅、木桶、水桶和澡盆等较大的东西，爸爸将它们要么挂在马车两侧，要么挂在马车底板下。最后将照明用的马灯挂在了车前辕上，旁边还有一袋子谷物护着，这样马灯就不会被碰碎了。

马车被装满了，家里的物品只剩下犁耙不能带，因为实在没有空余的地方了。妈妈觉得很可惜，爸爸却安慰说，等找到了合适的居住地，他还可以继续打猎，攒一个冬天的兽皮就可以换个新的犁耙了。

玛丽和劳拉爬上马车，坐在厚实的铺盖垫子上，妈妈将小卡莉放在姐妹俩中间。上车之前，妈妈精心地给孩子们梳洗打扮了一番，爸爸开玩笑地说她们现在真像猎狗的牙齿一样洁白透亮。

爸爸给派特、派蒂装上马具、车套，妈妈爬上马车的驾座，帮爸爸拉住缰绳。正准备出发时，劳拉突然恳求爸爸，说自己很想再看一眼小木屋。于是，爸爸又跳下马车，松开车篷后边的绳子，露出一个圆洞，然后又扎紧。圆洞的大小只够姐妹俩露出脑袋，免得马车的颠簸让她们摔进车篷后的食槽里。

温暖而舒适的小木屋静静地伫立在那里，好像并不知道它的主人们即将离开。爸爸站在木屋门口，最后看了一眼屋子里的床架、壁炉和玻璃窗，然后轻轻地关上木屋的门，并将拉动门闩的绳子抽出门外。"或许有人需要它来遮风避雨！"爸爸轻声说道。

爸爸翻身跳上马车，坐在妈妈身边。他接过妈妈手里的缰绳，对派特和派蒂高声吆喝了一句，派特一声嘶鸣，示意小马驹邦尼跟在身边，便迈开步子出发了。老杰克一声不响地跟在马车后，时不时地躲进马车底板下。马车朝河谷的方向行驶，很快就到了河谷边。爸爸拽住缰绳，让马儿停下脚步。一家人不约而同地回头观望，东边、西边和南边，寂静广阔的草原上只有随风摇曳的青草和那座孤零零的小木屋，碧空如洗，几朵白云慵懒地在天边浮动。"这是片富饶的土地，"爸爸叹息道，"但很长时间内，这里只会有野狼和印第安人！"

爸爸松开手中的缰绳，两匹小矮马迈出轻快的步伐，马车顺着河谷的山坡走进河谷浅滩，河谷两旁的灌木丛中传来嘲鸟清脆的鸣叫声。"我从来没有这么清楚地听到嘲鸟的叫声呢！"妈妈说道。"是啊，它们在向我们道别！"爸爸回应道。

河谷浅滩的水很浅，马车顺利地通过了河谷，两侧树丛中的母鹿和小鹿听到车轮的辘辘声，胆怯地躲进了树荫里，在树影斑驳中注视着马车。马车继续前行，在来时熟悉的红土断崖中穿行，不一会儿又来到了青草萋萋的草原上。

或许是因为很久没有四处游走的经历，两匹小马精力充沛，不知疲倦地一路小跑，马蹄在满是石子的河谷里发出清脆的"啪嗒"声，但走上草原之后，草地柔软，马蹄的响声变成了沉闷的"砰砰"声。马车的车篷也不甘寂寞，随风招展着呼啦起来。

爸爸和妈妈坐在前边的座驾上，一言不发，玛丽和劳拉也不知道该说些什么。一家人又开始了新的征程，但谁也不知道她们会去向何方，谁也不知道这次旅途中她们会遇到什么。一想到这里，劳拉不由得兴奋起来。中午时，爸爸在一道溪水边停下了马车，他从脚下的袋子里掏出了一些谷子喂给马儿，然后又牵着它们到溪边饮水。溪水是由不远处的喷泉涌出的，夏天快到了，泉水很快就会蒸发掉。妈妈从座驾下的橱柜里拿出了玉米饼和腌培根，一家人挤在马车旁的阴凉处吃起了午餐。吃饱后，玛丽和劳拉在小溪边玩了一会儿，顺手摘了几束野花。妈妈趁着大家休息时，洗刷碗碟，重新收拾了一下行李。

爸爸将马具和车套架在小马身上，一家人又出发了。马儿撒欢儿似的快步驰骋，放眼望去，湛蓝如洗的天空下只有随风摇摆的青草和满地的车辙印记。劳拉偶尔会看到几只野鸡和兔子，但它们也被马蹄和车轮的响声吓得惊慌失措地逃进了远处的草丛中。随着马车的摇晃，小卡莉很快就睡着了，玛丽和劳拉也觉得睁不开眼。正在迷迷糊糊之中，忽然听到爸爸诧异的说话声："前边好像出事了！"劳拉立刻清醒了，连忙爬起身，向车前望去。远处的草丛当中，有一个闪耀的亮点，但劳拉并没发现有任何异乎寻常之处。

"在哪里啊，爸爸？"劳拉疑惑地问道。

"那，你看，就是那里！"爸爸指着亮点回答道。

"它好像在移动……"劳拉盯着亮点回答道，她觉得那好像是个盖着帐篷的马车，但还是不知道爸爸所说的问题在哪儿。

随着马车的靠近，前边的物体渐渐清晰起来。那是一辆马车，但并没有套马，只剩下马车被孤零零地遗弃在那里，马车周围什么也没有，但劳拉这次看清楚了，车上有两个蠕动的黑色身影。

马车走到近前时，劳拉看到那辆停靠在草丛中的马车上坐着两个人。一个男人和一个女人，他们正在垂头丧气地看着草地。爸爸驾着马车靠上前去，车上的两个人抬起头来。

"怎么啦，你们的马呢？"爸爸好奇地问道。

"不知道，昨天晚上还好好地套在马车上呢，可今天一早就不见了，"男人回答道，"我猜是有人割断了我们的缰绳和马套,偷走了马!"

"你们的狗呢,没叫吗?"爸爸继续问道。

"我们压根儿没有狗啊!"

老杰克躲在马车车板下,既没有吠叫也没有从车板下溜出来看热闹。劳拉明白它很通人性,知道该怎么面对不同的陌生人。

"如果在这里丢了马,恐怕就再也找不回来了,"爸爸叹息道,"这些可恶的盗马贼,抓住他们就应该绞死!"

爸爸犹豫地看着妈妈,妈妈点头示意。爸爸连忙开口说道:"来吧,坐我们的马车,我捎你们到独立城!"

"不行的,"男人回答道,"我们所有的家当都在这辆马车上,扔掉了我们就什么也没有了。"

"这样啊,那你想怎么办呢?"爸爸耐心地询问,"这条路上,或许未来几天甚至几周都没有人路过,待在这里不是个办法啊!"

"唉,我也没办法……"男人回答道。

"我们不能扔了马车……"旁边的女人始终低着头,一边摆弄手指,一边嗫嚅道。劳拉看不到她的面孔,只看到她低垂的遮阳帽。

"你们最好还是跟我一起走吧,"爸爸坚持道,"到了独立城,想出了办法,再回来找马车也不迟啊!"

"不行！"女人坚决地回答道。

他们所拥有的一切都在那辆马车上，不忍心舍弃也情有可原。爸爸无奈地赶着派特、派蒂继续赶路，身后只留下男人和女人在广袤的大草原上的孤寂身影。

一路上，爸爸自言自语道："真是太没经验了！所有的家当都放在马车上，还不养条狗看着。自己也太不小心了，这荒郊野岭的，怎么能用绳子拴马呢？"爸爸说着，鼻子里哼了一声，"真是幼稚！像这样涉世未深的人，就不应该到密西西比河以西去闯荡。"

"但是，查尔斯，他们自己留在那里该怎么办啊？"妈妈担忧地问道。

"独立城那里有驻军的，"爸爸说道，"等我们到了那儿，我会去找个军官反映一下情况，他们一定会派人来接的。一两天的时间他们还是能坚持住的，算他们走运，能遇到咱家的马车从那儿经过，否则真不知道他们该怎么办。"

劳拉坐在马车上，不停地向后张望，渐渐的，那辆马车变成了一个小黑点，直到完全消失在她的视线内。这一天剩下的时间里，爸爸一直默不作声地赶路，路上再也没有发现什么新奇的事物，直到天黑时，爸爸将马车停在了一口井旁边。那口井旁边有一座木屋，但已经被火烧得支离破碎了，不过井里的水倒是挺干净的。玛丽和劳拉跳下马车，帮爸爸妈妈拾了一些柴火过来，准备生火。爸爸趁着这个空当，将两匹小马卸下鞍具和马套，拴上麻绳，捆在了木屋旁，以便让马儿休息、吃草。安顿好马儿，爸爸掀开马车上的座椅，搬出装食物的橱柜。这时，玛丽和劳拉的篝火已经烧得很旺了，妈妈抓紧时间帮大家做了晚餐。劳拉不由得想起了刚去草原时的样子，这情景与草原木屋没建好之前一模一样。爸爸妈妈抱着小卡莉坐在马车座椅上，而劳拉和玛丽也跟当初一样，晃着双腿坐在马车后边的车板上享用热乎乎的晚餐。三匹马儿在篝火旁的草地上悠闲地啃食青草，劳拉将自己餐盘中的食物分出一些留给老杰克。老杰克从不会围着家人乞食，它知道自己的那份一定不会少。

太阳完全消失在地平线下，爸爸妈妈开始忙着收拾马车上的帐篷，准备过夜。爸爸先将派特和派蒂用链子锁在马车的后车板上，在食槽中给它们倒了些谷子，然后坐在篝火旁的车椅上静静地抽烟。妈妈忙着给玛丽、劳拉梳洗换衣，让她们早早地钻进帐篷里睡觉。

收拾完家当，妈妈陪着爸爸坐在篝火旁。爸爸静静地拉起了提琴。琴声中，他轻声吟唱：

苏珊娜，亲爱的，

请不要为我忧伤!

虽然只有一只破旧的木桶,

可我还是要到加州闯荡!

如今总是孤身一人,

你知道我多么思念我的故乡!

"你知道吗,卡罗琳?"爸爸停下口中的吟唱,对妈妈说道,"过一段时间,野兔们吃着我们种下的蔬菜,不知该有多开心呢!"

"去你的,查尔斯,还开玩笑!"妈妈埋怨道。

"别难过,卡罗琳!相信我,将来我们会有个更好的菜园子!"爸爸继续开玩笑地说道,"而且,我们从印第安人领地带走的要比我们带去的多,我们还是有收获的!"

"有什么收获啊,我怎么没看到?"妈妈疑惑地问道。

"难道你忘了邦尼吗?"爸爸笑着问道。

"哈……哈!"妈妈笑着捶打着爸爸的肩膀,爸爸的琴声伴着歌声又响了起来:

在这蛮荒之地,

我要自食其力,

不论富裕贫瘠,

我都要去，要去，要去，
　　要去那蛮荒之地！

　　轻松的曲调，明快的节奏，劳拉躺在床上情不自禁地跟着乐曲扭动起来，但又怕惊醒了身旁的小卡莉。躺在另一侧的玛丽早已进入了梦乡，可劳拉却异常地清醒。老杰克在马车下的草地上滚动着身子，想要将身下的草地压得更平整些。然后它张嘴打了个哈欠，满足地蜷起身子趴着睡着了。派特和派蒂仍在咯吱咯吱地嚼着嘴里的谷子，不时地甩动脑袋，喷着鼻子，脖子上的锁链发出哗啦的响声。邦尼则老老实实地站在妈妈的身边打瞌睡。

　　月光皎洁，星光闪耀，一家人聚在夜空下，马车又一次成为他们的家。提琴的曲调一转，变成了令人振奋的进行曲，爸爸嘹亮的嗓音再次响起：

　　我们再一次相聚，
　　爆发出震天的吼声，
　　团结在旗帜的周围，
　　只为自由冲锋陷阵！

　　劳拉跟着曲调轻声哼唱起来，她想要提高嗓门，偏巧这时妈妈透过帐篷上的缝隙向里张望。"查尔斯,你这么大声,劳拉根本就睡不着!"妈妈轻声责备道。爸爸没有回答,但提琴的曲调随即变得柔和起来,轻柔而悠扬的曲调让劳拉觉得自己好像躺在摇篮中,随风轻轻摇曳……

劳拉轻轻闭上眼睛,仿佛再次置身于广袤无际的草原中,草原风吹拂着青草,翠色欲流中回响着爸爸的歌声:

> 轻轻地摇,轻轻地摆,
> 如羽的小舟在徜徉,
> 划向那碧绿的水塘,
> 小舟轻摇,小舟轻摆,
> 驶进蔚蓝的海洋,
> 每个白天,每个夜晚,
> 我们的爱就是你的双桨!